官商鬥法
第二輯
之12
道學偽君子
炮
相

目錄
CONTENTS

第一章

防火牆

方晶愣了一下，她是冰雪聰明的人，
馬上就聽出莫克的意思，莫克其實是在拿她做最前面的防火牆，
出了問題她首當其衝，自己卻什麼風險都不用承擔。
這個男人真是狡猾，算計的倒真是不錯嘛。

蘇南就載著傅華去了跟朋友約好的酒店。

一見面，傅華就有點不太喜歡這個人，這個人舉手投足之間十分張揚，很強勢，總是帶著高人一等的架勢。傅華感覺這個人沒什麼水準。

蘇南介紹說這人叫劉善偉，劉善偉跟傅華握了握手，說：「早就聽南哥說起過你，幸會。」

傅華也道了聲幸會，坐定後，劉善偉問傅華說：「傅主任喝點什麼？」

傅華婉拒說：「不好意思，劉總，我今天不方便喝酒。」

蘇南在一旁說：「善偉，傅華的妻子剛剛生小孩，晚上他回去還要照顧妻小，酒就不要讓他喝了。」

劉善偉卻不肯就此甘休，仍說：「可是無酒不成席，傅主任，給我點面子，少來一點好嗎？」

傅華心中有點不滿，心說連南哥都說不讓我喝了，你還來勸，是什麼意思啊？不過他不想掃了蘇南的面子，便說：「那就來一點紅酒好了。」

劉善偉又有意見了，說：「紅酒是娘們喝的酒，我們三個大男人，喝紅酒不好吧？」

傅華越發反感了，笑笑說：「劉總，南哥說你找我是來談事情的，可沒說是來喝酒的，如果您非要鬧騰酒的話，是不是我們改天吧？」

蘇南看出了傅華的不耐煩，就打圓場說：「是啊，善偉，跟你說了今天傅華不方便喝酒，有事說事，別在酒上糾纏了。」

蘇南發話了，劉善偉也就不再堅持，就笑笑說：「那行，我們就喝紅酒吧。」

劉善偉就開了瓶法國紅酒，給傅華和蘇南斟上。

傅華因為反感他，也急著想快點回去陪鄭莉，就說：「劉總，我們就開門見山吧。南哥說你對海川的雲泰公路項目感興趣，不知道我有什麼可以效力的地方？」

劉善偉卻說：「別急嘛，我們都還不熟悉，先喝一杯認識酒好嗎？來，我敬你。」

傅華瞅了蘇南一眼，心說你這朋友可真是不夠爽快，都說了開門見山談事，他還要喝個認識酒，真是夠虛言假套的。

蘇南知道傅華不高興，就說：「善偉，別敬酒了，今天酒就隨意，主要是談事，你就說你想要傅華幫你做什麼吧。」

劉善偉說：「這好嗎？」

蘇南說：「這有什麼不好的，傅華是爽快人，你就說你想要什麼就行了。」

劉善偉聽了說：「那好，我就說了。傅主任，是這樣的，我在發改委的一個朋友跟我說，他們剛批給你們一個項目。我呢，很想把這個項目拿過來做，不知道有沒有什麼門路可以幫我介紹一下？」

傅華知道劉善偉找他一定是爲了通門路好攬工程，只是他沒想到堂堂中字頭的公司竟然沒有跟海川的上層建立聯繫，還要讓他來幫忙通門路，可見這個劉善偉也並非什麼有能力的人。

傅華笑了笑說：「這個嘛，劉總，來之前我就跟南哥說了，這件事情上我恐怕幫不了你。因爲這項工程是我們市委書記主抓，我跟他沒有什麼私交，所以無法幫你找什麼門路。」

劉善偉聽了說：「傅主任別這樣說，不管怎麼說，你對海川市還是很熟悉的，就算你沒有辦法直接幫我找到門路，總知道我該找誰才能拿到這個項目吧？指點我一下好嗎？」

傅華說：「真是不好意思啊，我們這個市委書記是新從東海省委下來的，他來海川的時候，我大多數時間都在北京，跟他沒什麼接觸，這個忙恐怕我真是幫不了你。」

見傅華一再推搪，劉善偉就有些不太自在了，看了一眼蘇南，說：「南哥，看來在傅主任這，我的面子還是不夠啊，你幫兄弟我說說情，讓他指條明路給我走吧。」

蘇南就對傅華說：「傅華啊，我這個兄弟的公司現在業務很差，急需要開展新的業務出來，你就幫我一個忙，幫他指點條明路出來。」

傅華苦笑說：「南哥，你真是爲難我了。如果說這件事是金市長在主導，我倒是可以幫他引見一下，以劉總中字頭公司的實力，拿下幾個標段來做也不是不可能的。但是現在是我們的市委書記全權主導，他跟金市長完全是不同的兩種行事風格，想要單憑中字頭公司的實力就拿下標段，不太實際啊。」

蘇南說：「你這是什麼意思啊，你是說需要有一些潤滑的東西？」

傅華說：「是啊，南哥，爲什麼有些領導老愛抓著項目不放，還不是想要從中謀取好處？別的公司還好說，就中字頭這種國有企業，他們要如何處理這些做潤滑的費用啊？」

劉善偉笑說：「傅主任，原來你在擔心這個啊，早說嘛。」

傅華說：「我不是在擔心這個，而是就事論事，你們這些費用是不好處理啊。」

劉善偉說：「是不好處理，但是並不是沒有辦法處理。傅主任，我跟你這麼說吧，如果你能幫我拿到這個項目，相關的好處我一定會支付的，而且只會比行情價高，不會比行情價低的。這個我說到做到。是不是你可以幫我們想辦法了？」

傅華心說：現在這社會已經到了賄賂公行的地步了，連中字頭的公司也被逼著在搞這些歪門邪道，其他的小公司還不知道在做什麼呢。

他看了劉善偉一眼，說：「劉總，一開始我就跟你說了，市委書記這邊我沒辦法，這是真的，不是爲了勒索你我才這麼說的。」

劉善偉有點不高興了，說：「傅主任，你這就有點不夠意思了吧，你跟我說了這麼多，最後卻跟我來這麼一句，擺明了你是不想幫忙嘛。我就不信你這個駐京辦主任不知道如何能走通你們市委書記的門路？你們這些人可都是耳聰目明的，玩的不就是這套把戲嗎？你會不知道誰跟你們書記關係不錯？騙誰啊？」

看劉善偉這個態度，傅華心中暗自好笑，劉善偉這種人一定是平時耍少爺脾氣耍慣了，稍有不如意就來橫的。我又跟你扯不上什麼關係，要不是蘇南，我來都不會來，你耍橫給誰看啊？

這種人典型的是成事不足，敗事有餘，傅華越發沒有跟他談下去的心情了，就站了起來，對蘇南說：「南哥，我說了我不該來的嘛。你們慢慢談，我先走一步了。」

劉善偉一看傅華要走，越發的生氣，一把拉住傅華的胳膊，叫道：「誒，姓傅的，你太目中無人了吧？就這麼想走啊？」

蘇南看劉善偉越弄越不像話，趕忙制止說：「善偉，你幹嘛啊，快放手。」

劉善偉似乎對蘇南還有幾分畏懼似的，聽蘇南喝止他，這才鬆了手，卻有些不甘心的說：「南哥，你看他這是什麼態度啊？」

蘇南瞪了劉善偉一眼，說：「什麼態度，我看你的態度才成問題呢，你是求人幫忙還是逼人幫忙啊？傅華是看我的面子才來跟你見面的，你有什麼資格跟他耍橫啊？」

劉善偉反駁說：「可是南哥，人家這不是也沒給你面子嗎？我們哥幾個什麼時候受過這個啊？」

蘇南教訓說：「你給我閉嘴，你以爲你是誰啊？你說什麼就是什麼嗎？那你的公司早就搞好了，也不需要還要找人幫忙了！」

劉善偉這才低下頭，不說話了。

傅華有點尷尬的看了看蘇南，他知道今天這頓飯是吃不下去了，就說：「南哥，幫不上忙是我不好，我留下來也沒什麼意思，就先走一步了。」

蘇南說：「等一下，我跟你一起走。」

劉善偉急了，說：「南哥，怎麼你也要走啊，菜都點好了，你走了，叫我怎麼辦？」

蘇南瞪了劉善偉一眼，說：「你愛怎麼辦就怎麼辦，傅華是我請來的，我要負責把他送回去。走，傅華。」

劉善偉嘆了口氣，說：「嗨，看這事搞的。」

傅華沒理他就往外走，蘇南緊跟其後，兩人出了酒店，上了蘇南的車，蘇南抱歉地說：「傅華，你別生氣啊，這傢伙就是這種二愣子脾氣。」

傅華說：「南哥，我不會跟他生氣的，這種人我也見過不少，做少爺做慣了，稍稍惹到他就跟你發脾氣。我奇怪的是，你怎麼能跟這種人做朋友啊，你不覺得跟他在一起，掉你的價嗎？」

蘇南笑說：「沒辦法，這是自小的朋友，多少年的交情了，不會因爲怪脾氣就不理他的。走，不管他了，我們換個地方吃飯。」

兩人就在附近找了一家餐館，點了幾個菜，開了瓶紅酒，蘇南先給傅華倒了一杯，然後說：「來，傅華，這杯酒我敬你，算是對剛才善偉對你不禮貌的賠罪。」

傅華趕忙說：「南哥，這我可受不起啊，剛才我也有些不對的地方，我不該脾氣那麼衝，馬上就要離開。反倒讓你夾在中間尷尬了。」

蘇南笑說：「我沒什麼，你不生氣就好。來，喝酒。」

兩人碰了一下杯，各自喝了一口，然後吃了點菜。

傅華說：「南哥，你怎麼這麼幫這個劉善偉啊？」

蘇南解釋說：「我們不僅僅是發小，他還救過我一次，所以他如果有什麼難處，我是義不容辭的。其實善偉這個人就是脾氣壞一點，其他倒沒什麼毛病。」

傅華說：「就脾氣壞這點就夠了，這在社會上哪吃得開啊？這種人估計也就是因爲背景的關係，才能做到總經理的位置，不然的話，恐怕連個小兵都當不好。」

蘇南乾笑了一下，替他緩頰說：「他也不是那麼無能的。」

傅華看出蘇南有些尷尬，這才意識到蘇南能有今天的地位，也是與蘇南身後雄厚的背景有關，他批評劉善偉的話，等於也說到了蘇南。傅華就有些不好意思，爲了避免尷尬，趕緊換了話題，說：

「誒，南哥，爲什麼你這朋友這麼想拿到雲泰公路項目啊？這個項目其實標的並不大，而且海川市目前決定採用分段平行發包的方式，這種方式會將整個工程分成幾個標段，本來就不大的項目，再一分割，自然就更小了，按說你的朋友也是中字頭的公司，這麼小的項目應該看不入眼吧？」

蘇南笑說：「傅華，你不知道情況。現在路橋項目競爭激烈，即使是中字頭公司也不是都能搶得到的。像雲泰公路這樣規模的案子能搶到手，也很不錯。善偉今年才接了這個總經理，他能力本就有限，加上開拓能力又不足，公司業績嚴重不足，表現很差。他又是個好面子的人，自然就有些著急，所以找到我幫他想辦法。」

傅華聽了說：「原來是這樣啊。不過他的脾氣真是要好好改一改了，經營一家公司可不是做官，只有放得下身段，才可能把公司做好的。」

蘇南說：「你這話說到重點上了，中字頭公司裏的這些傢伙就是愛動不動拿出我是老大的架勢來，總想壓人一頭。在爭取業務方面，大家都是在同一起跑線上，你擺個老大的架勢誰理你啊？這也是中字頭公司有時候競爭不過一些私營企業的原因之一吧。」

傅華說：「私企也比他們靈活，更善於搞關係，自然會比他們佔優勢。」

蘇南說：「是啊，誒，傅華，你真的沒有管道可以幫一幫善偉嗎？你就當看我的面子，幫他想想辦法吧。」

蘇南這麼請求，傅華遲疑了一下，其實他倒是知道一條管道可以幫到劉善偉，這條管道就是方晶所成立的諮詢公司，劉善偉如果找方晶，一定能跟莫克搭上線的。

只是這條管道本身就有問題，再加上傅華感覺劉善偉這個人有點不靠譜，擔心真要是介紹給劉善偉，恐怕方晶會被劉善偉牽連，惹上什麼麻煩，所以不想跟蘇南講這件事。

傅華就說：「南哥，我都跟你說了，我跟新來的這個市委書記扯不上什麼關係的。」

傅華的遲疑都看在蘇南的眼中，便埋怨說：「傅華，你怎麼變得不實在了，在我眼前你也打埋伏啊？」

傅華笑說：「南哥，看你這話說的，我跟你打什麼埋伏啊？」

蘇南搖搖頭說：「你明明心中想到了什麼，為什麼不跟我實話實說啊？」

傅華瞅了蘇南一眼，說：「南哥，你的眼神倒還真銳利，不錯，我心中是想到一條管道，不過這條管道很不靠譜，再加上你這個朋友也是個不靠譜的人，我擔心說出來不但幫不了他，反而會害了他。」

蘇南說：「傅華，我們也是很長時間的朋友了，有話可以直說的，既然你想到了，就不妨說出來聽聽嘛，靠不靠譜，我自有判斷。」

蘇南都這麼說了，傅華到這時不說也不行了，就說：「南哥，我可以跟你說，不過，我勸你還是不要讓你的朋友嘗試這個管道比較好。」

蘇南說：「你先說來聽聽嘛。」

傅華便說：「南哥，你還記得前段時間我跟你打聽過鼎福俱樂部的老闆娘嗎？」

蘇南想了想，說：「我記得是有這麼一回事，當時我跟你說，我只知道鼎福俱樂部，對它的老闆娘不瞭解，讓你去問曉菲。怎麼，你不會是想告訴我跟這個老闆娘有關吧？」

傅華說：「是啊，就是與這個女人有關。你知道當初我問曉菲這個女人的情況，曉菲是怎麼答覆我的嗎？她說這個女人背景很複雜，是我不能招惹的，讓我儘量躲她遠一點。」

蘇南忍不住笑說：「傅華，你就是因爲曉菲的話才不想把這個女人介紹給善偉的吧？其實你過慮了。」

傅華愣了一下，說：「南哥，我有些搞不懂你的意思，爲什麼你會說我過慮了？」

蘇南解釋說：「你不明白是吧？你聽我跟你說，其實能做這種居中拉皮條業務的人，都不會是簡單的人物，哪一個不複雜啊？不複雜的人也沒這個能力做這種事情。不過，曉菲說的也沒錯，從人跟人的接觸角度上，這種人是很危險的；但是從業務角度上來看，能找到這種人又是很幸運的，有這種人居中運作，往往是事半功倍。」

傅華還真沒想到蘇南會這麼理解這種人，但他又說不出蘇南這麼說不對的地方，好像也不無道理，但是那種感覺卻很不好。

蘇南見傅華只是看著他，並不說話，就笑笑說：「你不要用這種眼神看我，可能你覺得我的說法有些怪，但這是事實。你可能不知道，北京有不少像鼎福俱樂部老闆娘這樣的人，他們背景都很複雜，人倒不一定漂亮或者精明能幹，但是或多或少都跟某位官員有著千絲萬縷的關係。說吧，你說的這個鼎福俱樂部的老闆娘又是怎麼一回事？」

傅華說：「說起來很巧，這個女人也是跟一個省長有關聯。江北省的省長林鈞，南哥知道吧？」

蘇南說：「林鈞我知道，難道這個女人是林鈞的女人？」

傅華說：「是，據說她跟林鈞的關係很親密。」

蘇南好奇說：「那她怎麼又跟海川的市委書記扯上關係了？」

傅華說：「莫克原本是林鈞手下的親信，後來林鈞出事，他就調到東海省委，後來接任海川市委書記。這個鼎福俱樂部的老闆娘跟莫克就是那時的同事。」

蘇南笑說：「這關係還真是有夠複雜的，這麼說，她跟莫克的關係也很親密了？」

傅華搖搖頭，他心裏並不願意把莫克跟方晶扯上關係，起碼他是不想承認的，便說：「這我就不知道了。」

蘇南不解地問：「既然你不知道他們關係是否親密，那你怎麼能夠肯定找這個女人就有用呢？」

傅華說：「這是因為我知道在雲泰公路項目批准下來後，這個女人就跑到海川去了，還成立了一家路橋建設諮詢公司，南哥，你說這家諮詢公司是不是她有意成立的？」

蘇南聽了，說：「那肯定是了，成立的時間點這麼敏感，除了爲雲泰公路項目，不會有別的目的了。看來善偉去找她，一定有戲。」

傅華看了蘇南一眼，說：「南哥，看來你決定讓你的朋友去找她了？」

蘇南說：「傅華，你不用爲善偉擔心，其實沒什麼的，大環境就是這樣啊，好多人都在這麼搞，你真是沒必要擔心的。」

傅華擔心地說：「我總覺得並不好。」

蘇南笑了笑說：「好與不好，善偉自有判斷的。」

傅華苦笑了一下，說：「南哥，這件事要不是因爲你，我是不會說的。」

蘇南說：「傅華，是不是你的道德感又發作啦？你怎麼老愛想些負面的東西啊？你這樣子可不好，老是扛著十字架活著，會很累的。」

傅華苦著臉說：「問題是我從這裏面看不見正面的東西啊？」

蘇南笑了笑說：「怎麼沒有正面的東西啊？你這是幫兩個有互相需要的人建立起了聯繫，兩方面的問題都解決啦。」

傅華搖搖頭，說：「我可不這麼認爲。好了，南哥，你如果堅持要把這個情況跟劉善偉說的話，你要答應我一個條件。」

蘇南說：「什麼條件啊，說來聽聽。」

傅華說：「你不要告訴他這是從我這裏得知的，我不想跟這件事扯上任何關係，這你能答應我嗎？」

蘇南說：「行，這我答應你。傅華，謝謝啦，這次你幫了善偉，我很感激。」

傅華說：「別謝我，我跟這件事沒有關係。唉，這都是什麼事啊？一個中字頭的國家大型企業要爭取項目，竟然還需要去跟一個女人勾兌，這個世道真是亂了套了。」

蘇南笑笑安慰他說：「好了，現在的世道就是這樣，你就別自尋煩惱了。你又不能改變什麼，這麼自怨自艾有什麼用啊？」

傅華說：「我知道我改變不了什麼，但是發點牢騷總還是可以的吧？」

蘇南勸說：「牢騷當然可以發，不過你老是這樣，心裏就會受到影響，累積許多負面的情緒，你會活得很不自在的，傅華。」

傅華只好說：「是啊，我畢竟是個小人物，反抗根本是不可能的，只能忍受了。」

方晶看到劉善偉的時候，第一個感覺跟傅華一樣。有些人就是有本事讓人一看就心生反感，劉善偉就是這樣的人，不用介紹，方晶就從他的舉止中看出來這人出身門第一定很高，那種優越感似乎是與生俱來的。

劉善偉看到方晶，眼睛亮了一下，心說這個女人這樣出色，難怪鼎福俱樂部在北京這麼有名氣。

劉善偉伸手出來，說：「你好，我是劉善偉，中鐵五局的。」

方晶一時還沒反應過來，錯愕的跟劉善偉握了手，說：「你好，我是方晶，不知道我有什麼可以幫你的？」

劉善偉笑說：「你真是會開玩笑，你不是有一個路橋建設諮詢公司嗎？我找你，當然是與路橋建設有關了。」

方晶這才反應過來，笑了笑說：「哦，是這樣啊，不好意思，我的公司剛成立不久，業務還處於開拓階段，剛才就沒反應過來。請坐，請坐。」

劉善偉就坐了下來，方晶給他倒了茶，說：「劉總，不知道你要諮詢哪方面的事情啊？」

劉善偉笑笑說：「我的公司想要參與競標雲泰公路項目，既然你們是做路橋建設諮詢的，能不能幫我們指導一下，好讓我們有機會能得標啊？」

劉善偉開門見山，直接就點到雲泰公路項目，方向這麼明確，不用說肯定是莫克安排來的。方晶心說莫克動作還挺快的，馬上就把人介紹來了。

方晶便說：「劉總，你的動作也太快了吧，據我所知，好像雲泰公路項目還沒正式招標呢？」

劉善偉說：「這我知道，不過，相關的招標工作已經在準備當中了，我們公司需要先做一些相應的準備工作，找貴公司諮詢也就是準備工作之一啊。」

方晶笑了笑說：「就算是這樣，我們公司也需要針對招標的具體情形才能給出相對的諮詢意見啊。」

劉善偉說：「難道你還不清楚雲泰公路招標的具體情形嗎？」

方晶愣了一下，她開始覺得這個劉善偉不是莫克引薦來的了。如果是莫克引薦來的，他不可能不清楚招標的具體方案還沒有拿出來。事先莫克並沒有打電話跟她說有這麼個人要過來，對！這傢伙一定是自己闖上門來的。

方晶心裏警惕了起來，笑笑說：「劉總，你怎麼會覺得我已經清楚了雲泰公路招標的具體情形呢？」

劉善偉說：「你不要掩飾了，已經有朋友跟我講了，到你這邊來諮詢，就能拿到雲泰公路項目。」

方晶越發感覺不對了，看了劉善偉一眼，說：「劉總，雖然我對我們公司的諮詢水準很有自信，卻還沒自信到一定能幫諮詢單位拿到項目的程度，我不知道你什麼朋友說了這種話，顯然他說的不是事實。」

劉善偉也愣了一下，他感覺方晶沒有要承攬他的意思，就說：「方總，可能我來的有些冒失，但是我是真的有心想做雲泰公路項目的，有些必要的事情我也可以安排，所以請你不要拒人於千里之外。」

方晶不想跟劉善偉說實話，起碼在她跟莫克商量之前，她覺得不能跟劉善偉交底，就笑笑說：「劉總，我想我的話說得很清楚了，我真的沒辦法跟你保證一定能拿到項目，我能提供的只是諮詢意見，可不是拍板定案就把項目交給你來做的。」

劉善偉看了眼方晶，他理解方晶話的意思是：方晶在這件事情上並不能做主，可能方晶還需要跟背後的人商量一下才能定奪，這也在情理當中，畢竟方晶也不可能馬上就對一個很陌生的人交心交底的，就笑了笑說：

「我們公司是真的有誠意要做這個項目的，也很願意將諮詢業務交給貴公司來做，這樣吧，我把我的名片留給你，你可以瞭解一下我們公司的各方面情況，再來決定是否跟我們合作。」

方晶也想有個緩衝時間，好跟莫克商量一下，就說：「行，劉總，我就把你的名片留下來，如果我們能做你的業務，我再跟你聯繫。」

劉善偉說：「那我就先回去了。」

方晶又說：「你先別急著走，劉總，我想請問你，究竟是誰跟你說我這家諮詢公司的事的？」

劉善偉笑了笑說：「是我在海川的一個朋友跟我說的。」

方晶說：「那我可以請教他的名字嗎？」

劉善偉回避說：「這個人你不認識，說名字你也不知道的。好了，我就不打攪了，我回去等你的消息。」

劉善偉就離開了，方晶卻尋思起來，知道諮詢公司的人並不多，劉善偉說她不認識這個人，顯然不太可能。肯定是認識她的人把這個消息告訴劉善偉的，而且這個人對她和莫克的關係還很瞭解。

這個人會是誰呢？難道是他？

方晶想到的這個他不是別人，正是傅華。她的朋友中，能跟海川和北京這兩方面都扯上關係，對她又瞭若指掌的，也就是傅華了。也只有傅華才能這麼快就通盤掌握到她和莫克成立諮詢公司的目的。

想到這裏，方晶心中泛起了莫名的羞辱感，傅華這是什麼意思啊，你不出面，卻讓朋友來找我，是想讓你的朋友來羞辱我嗎？還不讓朋友說出你的名字來，根本就是怕我知道是你在背後瞎搞吧？

傅華，你爲什麼非要攪和進這件事裏來呢？難道你覺得我受莫克的欺負還不夠嗎？

還是你根本就在暗地裏嘲笑我是個貪慕虛榮的壞女人，嘲笑我勾搭完林鈞，又來勾搭莫克是吧？

方晶越想越氣，心說我就是貪慕虛榮，我就是壞女人，又怎麼樣呢？等著吧，我還會更壞的，壞到讓你們知道我這個女人是不能輕易侮辱的。

方晶暗自發了一陣狠，心情平靜了一下，才打電話給莫克。

莫克接通電話，方晶就把劉善偉找上門來的事跟莫克說。莫克聽完很高興，說：「方晶，這是好事啊，中字頭的公司都是很有實力的，如果他們肯出面參與競標，讓他們得標，誰都不敢質疑什麼的。這個情況對我們很有利，我們既可以從他那裏賺取不菲的利益，又沒什麼風險。」

方晶說：「你是什麼意思，是讓我跟他接洽，談如何合作嗎？我們跟他並不熟啊。」

莫克笑說：「熟不熟悉無所謂的，這種事有時候太熟了反而不好操作。」

方晶問：「你就不擔心這裏面有問題？」

莫克老神在在地說：「會有什麼問題啊？不會有問題的，你是以諮詢公司的名義跟他接洽，就算是出了什麼岔子，他頂多也只能說你這個公司不該大包大攬的承諾讓他拿到工程，除此之外，他根本就抓不到我們什麼把柄的。」

方晶愣了一下，她是冰雪聰明的人，馬上就聽出莫克的意思，莫克其實是在拿她做最前面的防火牆，出了問題她首當其衝，自己卻什麼風險都不用承擔。這個男人真是狡猾，算計的倒真是不錯嘛。

方晶心說：就讓你先高興著吧，最後你就會明白，一開始你就打錯算盤了。這件事無論你怎麼算計，主動權都是牢牢地被我掌握著的，因爲那些到手的費用，都只會支付給她的諮詢公司，除非她願意把錢再轉給莫克，否則莫克一分錢都無法拿到。而方晶一開始布這個局的時候，就沒準備要把錢轉給莫克。

想到將來莫克一分錢都拿不到，還會面臨有關部門的懲罰，方晶嘴角不由得就泛起一陣冷笑。

方晶便笑笑說：「那行，就按照你說的去做吧。」

莫克說：「方晶，你可要安排好這件事，這家公司是條大魚，既然咬了鉤，就別讓牠跑掉了。」

方晶說：「這你放心吧，我保證不會讓牠溜走的。誒，莫克，你們市裏怎麼還沒弄出招標的方案啊？」

莫克說：「我也著急啊，可政府那邊方案還沒研究出來呢。」

方晶問：「這麼長時間還沒拿出方案來，是不是政府那邊有什麼想法？」

莫克遲疑了一下，金達那邊遲遲不拿出招標方案來，是不是金達也想從中分一杯羹啊？這還真是令人懷疑。可別讓金達把方案故意設計成爲某些公司量身訂做的，那樣的話，他就是控制了領導小組，恐怕也很難掌控局面的。

莫克想了想說：「這倒是不得不防，我明天催一下金達好了，看看他葫蘆裏究竟賣的什麼藥。」

方晶說：「那行，反正你那邊也抓緊些，把這件事早點解決了，以免夜長夢多。」

莫克說：「我知道了。」

方晶說：「那就這樣吧，我掛了。」

「等一等，」莫克突然想起一個問題，說道：「誒，方晶，你有沒有問這個劉善偉是怎麼知道你這家諮詢公司的？又是誰告訴他，你能幫他拿到項目的啊？」

方晶說：「這個我問了，但是他只說是一個海川的朋友告訴他的，說我不認識。」

莫克說：「你不認識的，什麼人啊？他有說名字嗎？」

方晶說：「他沒有說。」

莫克愣了一下，說：「這有點不對勁，按說劉善偉找上門來，應該會有熟人做引薦，這不但沒有熟人引薦，連介紹人的名字都不肯說，這有點奇怪。」

方晶說：「你在懷疑什麼？」

莫克說：「我懷疑這個告訴他的人，我們不但認識，可能還很熟悉，不然的話，他不可能對我們這麼知根知底。」

方晶問：「那你覺得這個人是誰？」

莫克說：「我懷疑這個傢伙是傅華。這傢伙對你我的情況都很熟悉，在海川也是耳目眾多，肯定知道了你來海川的事。那傢伙是聰明人，一定會從一些蛛絲馬跡中察覺到我們的意圖。這個劉善偉可能是他的朋友，想要這個項目，就找他聯繫，他就把劉善偉支使到你這兒來了。」

第二章

現代陳世美

莫克火大罵道：「誰姥姥不親舅舅不愛的？
當初不是你們家倒貼，我會娶你？！真是笑話。」
朱欣也回罵道：「莫克，你別得了便宜還賣乖，我是看你有點出息才倒貼的，
誰知道你剛有點起色，就學人家做陳世美啊。」

方晶心裏苦笑了一下，想不到她和莫克想到一塊去了，看來告訴劉善偉的那個人八九不離十就是傅華了。

雖然方晶認可莫克的推斷，卻不願意附和莫克去討論這個問題，她擔心會不小心表露出她對傅華的恨意。

她在莫克面前，一直對傅華是持一種很平淡的朋友關係，如果讓莫克知道她懷很傅華，會讓莫克起疑心。因爲如果不是她跟傅華曾經有過很深的瓜葛，是不會產生恨意的。

方晶就淡淡的說：「那你什麼意思啊？不再去跟劉善偉接洽了？」

莫克卻不想放棄劉善偉，如果劉善偉真是中鐵五局的總經理，這種身分的人是不會故意來設局害人的，這傢伙一定是真的想拿雲泰公路項目，又沒有什麼門路跟海川扯上關係，才會冒昧的闖上門來。這種人可以合作。只不過要謹慎一些。

莫克說：「先別放棄，你試探一下這個劉善偉，看看他可能爲這個項目付出多大的代價。我也找找關係，看看中鐵五局是不是真的有劉善偉這號人物，然後我們再商量是不是可以跟劉善偉合作。」

方晶說：「那行，我們就分頭行事吧。」

莫克沒有馬上掛電話，而是說：「方晶，你覺不覺得有傅華在駐京辦，對我們來說不是一件好事？這傢伙十分多嘴，真是令人討厭。」

方晶這次不再爲傳華說話了，附和地說：「是很討厭，不過，好像我們也沒什麼辦法對付他。」

莫克說：「辦法不是沒有，方晶，你如果能在北京給他想辦法整出點花花事來，我就有辦法對付他了。」

方晶問說：「我怎麼整啊，那傢伙這方面謹慎的很。」

莫克說：「那是你沒有認真地去注意他，男人私下沒有不沾腥的，你盯緊他，一定會發現點什麼的。」

方晶聽了，打趣說：「男人沒有不沾腥的，莫克，你這話是什麼意思啊？」

莫克馬上意識到他這話有語病，趕忙解釋說：「方晶，你可別誤會，我可是很老實的，除了你，我不會對別的女人動心的。」

方晶其實並不是真的在意莫克私底下表現如何，她故意這麼說，是想營造出一種吃醋的氣氛來，這樣莫克會覺得她很在意他，就會放心的把這件事完全交給她來掌控。

方晶笑說：「算你聰明，話轉得快。」

莫克趕忙說：「我是真心這麼想的。」

方晶說：「好啦，別肉麻了，傳華我會留意的。」

此刻方晶已經決定，只要逮到機會，一定會給傳華吃點苦頭的。

第二天上班的時候，莫克打電話給金達，讓金達去他的辦公室一趟，金達就去了莫克的辦公室。

莫克打量了一下金達，說：「金達同志，政府那邊對雲泰公路項目研究的怎麼樣了，怎麼到現在還沒拿出個招標方案來啊？這件事呂紀書記可是一直在關注著的，我們遲遲不開始招標，對呂書記可是不好交代啊。」

金達聽莫克一副發難的口氣，心中就很不高興，心說他一定是因爲方晶才想要儘快開始招標的。

金達對近期莫克的行動很清楚，只是金達還不十分掌握莫克在這裏面扮演的角色，是僅僅扮演幫忙者，還是根本就是他在幕後策劃呢？不過不管怎麼樣，莫克在其中都將起到很大的作用。

金達便笑笑說：「莫書記，正是因爲這個項目是呂書記在關注的，我們市政府才不得不更慎重一些，必須要拿出一個經得起檢驗的方案來，不然的話，呂書記是不會饒過我們的。」

以子之矛攻子之盾，莫克以呂紀的名義責備金達，說市政府進度太慢，沒想到金達居然也用呂紀來反駁他，倒好像是金達的拖延更符合呂紀的意思。

莫克臉色沉了下來，眉頭也皺了起來，眼神在金達臉上盯了許久，看得金達都有些不自在了。莫克這才說：

「金達同志啊，話不是這麼說的，這個項目海川市民已經盼了好久，好不容易才把資金審批下來，卻因爲政府的拖延，遲遲動不了工，這會讓市民很不滿的。誒，金達同志，是不是市政府的同志對這個項目有什麼想法啊？」

莫克雖然說的是市政府的同志，眼神卻是盯著金達的眼睛看，金達就明白莫克是針對他而來的。

要說金達對這個項目一點想法都沒有，那也不是。這些日子，很多朋友，包括有錢有勢的、沒錢沒勢卻覺得跟他關係鐵的、還有拐彎抹角勉強能扯上關係的，接二連三的打電話騷擾金達，想要金達幫他們拿項目。

這裏面自然也有金達感覺欠對方很大人情的那種朋友，他就有一種想要幫忙的衝動。人都是社會動物，需要通過各方面的人脈來維持在這個世界上的生存。這種人脈的維持需要通過相互幫忙才能得以實現。也就是說，人家幫過你，下一次人家有困難了，你也需要回報人家的幫忙。如果拒絕了對方的請求，就會被認爲不夠意思，這條人脈就等於是死掉了。

但是最後金達還是忍住了要幫忙的衝動。因爲他明白，項目的主導權完全掌控在莫克手中，他就算想幫忙，恐怕也無能爲力。

因此這幾天金達在電話裏跟別人說的最多的一句話是，這個項目是莫克書記在親自主抓，有什麼事情都是莫克書記說了算，要拿項目得找莫克才行。

理解狀況的人聽金達這麼說也就算了，不理解的人看到被拒絕了，就表現得很生氣，讓金達十分下不來台。

沒想到莫克還懷疑他想要染指項目，而且態度咄咄逼人，莫克這麼做真是太過分了，從他來海川，就處處針對他，真是讓人是可忍孰不可忍了。

駁斥的話就在嘴邊，但是金達張了張嘴卻沒有說出來，就算他真的開口駁斥了莫克又怎麼樣呢？還不是沒辦法改變什麼，既然沒辦法改變，那駁斥他又有什麼意義？只不過徒然增添他跟莫克間的矛盾罷了。還會給莫克口實，讓他去呂紀那邊告自己的狀。

想到這裏，金達把心底的火氣儘量的往下壓了壓，他準備用平和的態度來應對莫克的責難。於是努力地做出笑臉來，說：

「莫書記，您可別誤會，市政府僅僅是本著負責的態度才慎重處理這件事的，可能時間是拖得長了一點，但是真的沒有人對這個項目有什麼別的想法。這個我可以保證。」

大概是金達臉上強作的笑容讓莫克察覺到了什麼，莫克沒有再向金達發難，而是笑了笑說道：「沒有是最好了，你也知道，現在這個社會有個很不好的現象，項目沒下來之前，很少有人會主動承攬去爭取項目，因爲爭取項目費心費力，卻沒有什麼實質利益。但是項目下來後，卻立馬就有不少人表現出濃厚的興趣。他們感興趣的不是想要把項目建設好，而是後面豐厚的經濟利益，我們對此可要有所警惕。」

金達聽出莫克爲自己表功的意思，雲泰公路確實是莫克主動爭取來的，然而他不也是看到項目後面帶來的利益才這麼主動的?!否則方晶那個女人來海川所爲何來啊?

這還真是滑稽，莫克明明就是做賊的人，偏偏要在別人面前喊捉賊，真不知道他這麼厚臉皮呢。做賊的總有被抓的那一天，不知道莫克到那時候是不是還會這麼振振有辭。

既然莫克要演戲，那他就配合演下去好了，金達便說：「莫書記您說的太對了，這社會上還真是很少有您這種爲了爭取項目費盡心力，項目爭取來，卻一心只想把項目建設好的領導。」

金達的話表面上像是在表揚莫克，但聽到莫克這個心中有鬼的人耳朵裏，卻感覺到幾分諷刺和譏誚，他的臉微微紅了一下，說：「金達同志，你不要這麼說，我也是盡我一個市委書記的責任罷了。」

金達看到莫克臉上微微一閃而過的一抹紅暈，心裏越發覺得好笑，這傢伙竟然還會臉紅，肯定是被諷刺他的話說得不好意思了。看來他還沒修煉到家，還沒無恥到聽了諷刺的話也無動於衷的程度。

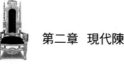

金達就越發有心想要逗弄一下莫克，繼續奉承說：「莫書記您真是謙虛，盡責這兩個字說起來簡單，但多少官員卻做不到這一點。」

莫克越發覺得金達是在諷刺他了，就想趕緊結束這場談話，便說：「好了，金達同志，你不要這麼講了。我們還是講講雲泰公路的招標方案，不管怎樣，我希望市政府儘快拿出個方案來，再拖下去，大家都不好交代。」

金達說：「好的，莫書記，我會催促下面儘快把方案擬出來。」

金達離開後，莫克在辦公室裏不禁暗罵起金達來，金達剛才的話夾槍帶棒的，完全是一副譏諷的口吻，當人是傻瓜聽不出來啊？

金達這傢伙討厭就討厭在這，明明對他不得不服從，卻又總是搞出些小動作來，真是煩人。

不過這些都是其次的，最重要的是還是要防止金達在雲泰公路項目上搗鬼，現在看樣子，金達的態度不像要在這個項目上插手的樣子。對此，莫克多少放心了些，他可不想在雲泰公路項目上出什麼紕漏，不然，他首先就對方晶交代不過去。

想起方晶，莫克嘴角就泛起了一陣甜笑。方晶並沒有因爲他表現不好就嫌棄他，反而還十分體貼，交代他多休養身體，換做是朱欣，還不知道會怎麼冷嘲熱諷他呢。

莫克深深的被感動，爲此，他儘量在應酬時少喝酒，以便將來給方晶一番美好的享受。

莫克正在回味著他跟方晶相處的點點滴滴，手機卻不識趣的響了起來，看看號碼，莫克的好心情馬上就沒了，不想來什麼就偏來什麼，居然是朱欣打來的。

不接吧，又怕是跟女兒有關，只好按下接通鍵，說：「朱欣，你又有什麼事啊？」

朱欣不滿地說：「莫克，你這是什麼態度啊？難不成我們離婚了，電話我都不能給你打一個了？」

莫克不耐煩的說：「行了，行了，有事說事，別這麼多廢話。」

朱欣火了，叫道：「莫克，你以爲我愛打這個電話啊，要不是因爲你是小筠的父親，我擔心你被人家算計了，我才不會打這個電話呢。」

莫克笑了，說：「呵呵，朱欣，你真是說得好聽，這世界上除了你會算計我之外，沒有別人會算計我的。你還說擔心我被人家算計了，真是天大的笑話。」

朱欣冷笑一聲，說：「莫克，你才真是個大笑話呢，你以爲那個小婊子是真心跟你好啊，人家是來報復你的。」

莫克生氣地說：「朱欣，你別胡扯了，什麼來報復我的，她可是真心對我好的，不像你總是給我找麻煩。怎麼，你看方晶來見我，嫉妒了？」

朱欣笑了出來，說：「我嫉妒？莫克，你也太自作多情了，你以爲我對你還有什麼感情嗎？我只是覺得我們也算夫妻一場，不想看你被人耍弄。莫克，我告訴你，我也就是從你那裏弄點錢而已，那個小婊子可不會就這麼簡單的，她想要的肯定更多，別到時候你死無葬身之地時，再來埋怨我沒提醒你。」

莫克正滿心地想著方晶對他的溫柔體貼，怎麼聽得進去朱欣的話，便很不高興的說：「你瞎說什麼啊，我看我跟你在一起才會死無葬身之地呢，反正你看到我好，你心裏就不自在是吧？行了，你如果沒別的事要說，我掛電話了。」

朱欣哼了聲說：「莫克，你別狗咬呂洞賓，不識好人心，我告訴你，方晶已經知道是你害林鈞的。」

莫克被朱欣的話驚呆了，急問道：「你說什麼，方晶已經知道是我害林鈞的？這件事你是怎麼知道的？」

朱欣冷笑說：「我是怎麼知道的？哼，就是我告訴她的，我當然知道啦。」

「你，你，」莫克氣急敗壞的連說了兩個你，一口氣差點沒上來，好半天才繼續說道：「朱欣，我是掘了你家的祖墳還是怎麼了，你要這麼害我？我該給你的都給你了，你怎麼還不滿足？你這輩子就是不想讓我幸福是吧？」

朱欣說：「對，我就是不想讓你幸福，你給我那點東西算什麼啊，那點錢根本就不夠花。你想摟著那個小婊子過好日子，想得美！現在那個小婊子已經知道是你害林鈞的，心中不知道在怎麼算計著要對付你，給林鈞報仇呢！」

莫克叫道：「朱欣，你真太不是東西了。」

朱欣笑說：「莫克，我們也算結婚這麼多年了，你才知道我不是東西啊？你等著吧，有你好受的。」

不對，莫克忽然回過味來，朱欣打這個電話肯定是來氣他的，按說方晶知道了這件事，不會一點反應都沒有的，起碼會打電話來質問他一下。但方晶昨天還跟他通過電話，卻一點質問的意思都沒有，對他的態度也很親密。難道朱欣說的是假話，是故意這麼說，好讓他遠離方晶？

莫克冷靜了下來，說：「朱欣，你不是騙我的吧？」

朱欣笑說：「我騙你幹嘛，你騙你是能來點錢花嗎？真是有意思，我跟你說的明明是實話，你卻不相信，偏偏愛相信那個小婊子的假話。」

莫克反問道：「什麼真話假話啊？你究竟什麼意思啊？」

朱欣說：「什麼假話難道你不清楚嗎？我告訴你吧，上次你去北京不久，我就告訴那個小婊子，是你出賣了林鈞，這個小婊子知道了這個，還跑來海川跟你廝混，不是算計著報復你，又會是什麼呢？她一定說了很多好聽的話騙你吧？莫克，你醒醒腦子吧，就你這姥姥不親舅舅不愛的長相，也就我當初瞎了眼肯嫁給你，別人誰稀罕啊，除非像方晶這樣準備算計你的。」

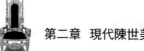

聽朱欣不但想要壞他的好事，還貶低他的長相，莫克火大地罵道：「放你媽的狗臭屁，誰姥姥不親舅舅不愛的？我看你才是呢，當初不是你們家倒貼，我會娶你?!真是笑話。」

朱欣也回罵道：「莫克，你個王八蛋，別得了便宜還賣乖，姑奶奶我是看你有點出息才倒貼的，誰知道你剛有點起色，就學人家做陳世美啊。」

莫克頭大了，便說道：「好了，我不跟你吵，我問你，你很早就告訴方晶是我出賣了林鈞？」

朱欣說：「對啊，到這個時候，我沒必要騙你。」

莫克說：「那方晶是什麼態度啊？」

朱欣回想起當時的情形。至始至終，方晶的反應都很平靜，絲毫沒有咬牙切齒的說要爲林鈞報仇。當時她還覺得方晶天性涼薄，無情無義，早就忘記了林鈞對她的好了。方晶這個態度似乎沒什麼好奇怪的，她本來就是個無情無意的婊子，爲了錢，什麼都可以出賣，以前林鈞能給她錢，她就跟林鈞好。現在換到莫克能給她錢，自然就會轉而投入到莫克的懷抱裏。

聽朱欣半天不說話，莫克覺得事情可能並不是朱欣說的那樣，也就是方晶可能根本就不相信朱欣，所以朱欣說方晶對他好是騙他的，根本就不是事實。

差點就被這個女人騙了，她根本就是想來破壞他和方晶的。幸好自己聰明，沒有上她的當。否則如果相信她，拿她的話去質問方晶，一定會惹惱方晶的，那他跟方晶剛開始的美好生活也就會戛然而止了。

這個朱欣的心真是惡毒啊，莫克不由得生氣說道：「朱欣，為什麼不說話了，是不是又想編造什麼謊話來騙我啊？」

朱欣說：「我沒騙你。」

莫克質問說：「那你告訴我，方晶當時究竟是什麼反應？」

朱欣說：「告訴你就告訴你，那個小婊子一開始不相信，後來我說了你寫的那封信的事，她就有點半信半疑了。」

莫克聽朱欣說得含含糊糊，更加認為是朱欣自己的臆測，就說：「那方晶可說過要為林鈞報仇來報復我的話？朱欣，我警告你，你可別撒謊啊，回頭我會跟方晶對質的。」

朱欣坦白說：「這個倒沒有，她只是說就算我說的是真的，她一個做生意的女人也沒辦法對付你這個市委書記，這是原話，不信你可以問方晶。」

莫克不耐煩地說：「我問什麼啊？你讓我怎麼問啊？問她是我害了林鈞，她究竟想不想報復我嗎？我才沒那麼傻。」

朱欣說：「莫克，你別被那個小婊子迷昏了頭，當初那個小婊子對林鈞情深意重的，常理來說，她不應該這麼冷靜，我懷疑她的冷靜是裝的，根本就是欺騙你，好讓你不覺得她還要為林鈞報仇。」

莫克冷笑了一聲說：「你懷疑？我看你巴不得方晶是這樣的吧？告訴你，你恐怕要失望了，方晶對我很好，而且還好的不得了。說我害林鈞，我怎麼都不知道我害過林鈞啊？你這麼說有證據嗎？林鈞是受到國法處分的，關我屁事啊？行了，以後除了小筠的事，不要再給我打電話了，我再次嚴重警告你，別到處胡說八道，否則別怪我對你不客氣。」

朱欣不死心地說：「莫克，你醒醒吧……」

看朱欣還不肯甘休，莫克沒耐心聽下去了，直接就掛了電話。

掛了電話之後，莫克的心莫名的煩躁起來，雖然他在朱欣面前很有自信地說方晶沒有報復他的意思，但是方晶是不是真的沒有這個想法，他其實是沒底的。

莫克開始回想起這段時間發生的事，感覺上，方晶不像是故意親近他的。是因為她投資海川重機的錢被套牢了，方晶才跟自己提起雲泰公路項目這件事。

而且就連現在成立諮詢公司，也是自己的提議下，方晶才那麼去辦的。她來海川，更是自己再三邀請後才成行的。如果方晶一開始就起意想用美色迷惑他，那這些事，方晶應該採取主動才對。

但是事實完全相反，方晶在這些事情上完全是被動承受的一方，就連她投入自己懷抱，也是被自己迷姦後，才接受自己的。

如果方晶真要用美色迷惑他，根本就不需要他費那麼多周折，直接就投懷送抱了。

想到這裏，莫克鬆了口氣，他想到的每個細節都表明方晶沒有要騙他上鉤的意味。純粹只是想跟他合作，從而在雲泰公路項目上賺取利益罷了。

莫克心想：好險他沒相信朱欣的挑撥，不然自己盼了多年、來之不易的幸福就毀於一旦了。

金達回辦公室就撥了孫守義的號碼，嘟嘟的聲音響起來，他才想起來孫守義還在北京，人家夫妻團聚，這時候去打攪他有點不合適，就趕忙掛了電話。

金達打給孫守義，是想和他商量一下加快雲泰公路招標的事，現在孫守義不在海川，他一時之間竟想不出要跟誰去商量這件事了。

沒過一會兒，電話響了起來，一看號碼，金達笑了，是孫守義打過來的。他知道金達打給他一定是有什麼事，所以立刻撥了回來。

金達笑了笑說：「老孫，不好意思啊，我電話撥出去，才想起你回北京休假了。怎麼樣，在家裏跟老婆孩子過得不錯吧？」

孫守義笑說：「還好，一下子清閒起來，反而覺得有點無聊。市長，什麼事情想起我來了？」

金達說：「剛才莫克找我，催我趕緊拿出招標方案來，我就想問你一下。」

孫守義聽了說：「莫克怎麼這麼急啊，這才幾天呢，是不是他又想打什麼歪主意了？我聽說鼎福俱樂部的老闆娘跑去海川見莫克，該不是這兩人要搞什麼名堂出來吧？」

金達說：「老孫，你的消息還真靈通啊。」

孫守義笑說：「我雖然身在北京，心可是在海川。市長，這幾天我跟農業部的舊同事見面，覺得有個農業項目很適合在海川推廣，回頭我把資料帶給您看看。」

金達聽了，高興地說：「太好了，這種造福農民的案子，海川是求之不得啊。我們還是多研究一些關於這方面的東西，項目的事自有莫克去操心，我們就別管了。」

金達表現出一副回避雲泰公路項目的態度，讓孫守義猜想剛才金達跟莫克的談話可能並不愉快，孫守義就笑了笑說：「那市長您需要我儘快趕回海川嗎？」

金達說：「不需要，那樣我會被你老婆罵死的，我找下面的同志溝通就行，你還是在家度完你的假期好了。還有，你說的推廣項目要盯緊，一定要拉到海川來，知道嗎？」

孫守義笑說：「沒問題，怎麼說我也在農業部工作那麼長時間，這點面子，部裏還是會給我的。」

金達說：「那就這樣吧，假期愉快。」

北京，鼎福俱樂部，方晶的辦公室。

方晶把劉善偉約了過來，她透過關係瞭解劉善偉確實是中鐵五局下屬一家公司的總經理，剛上任不久，正是想做出成績的時候。

方晶說：「劉總，我跟朋友討論過了，你的諮詢工作我們可以接手，不過有個問題，不知道費用方面，你能給我們多少？」

劉善偉笑了笑說：「方總，費用多少，是跟你們能爲我們做多少諮詢服務相關的。如果你能給我們公司做整個項目的諮詢，我們會按照行規最高的金額來支付；可如果你只能給我們一兩個小標段，那費用我們就要往低了算了。這你應該明白的，項目大，效益也大，項目小，除了必須支出的費用，可能我們就不剩什麼了。」

方晶聽了說：「這我明白，不過，劉總如果想要做全部項目的諮詢業務，可能就有點浪費了。雲泰公路項目是採分段平行發包的方式，不可能都讓你得標的，所以劉總的胃口還是不要那麼大，大家才好合作啊。」

方晶這是明確告訴劉善偉不要指望拿下全部的項目，劉善偉笑了笑說：「那方總的意思是能幫我多少呢？」

方晶回說：「現在招標方案還沒出來，項目會被劃成幾個標段我也不清楚，所以我沒辦法跟你說能拿下幾個標段。但是我心中有個計畫，準備幫你做整個項目的一半業務，你看合適嗎？」

劉善偉原本對方晶的期望値並不高，他以爲方晶只會給他拿到一兩個標段，頂多拿下三個標段已經是頂天了，但是方晶現在許諾他可以拿到一半，這令他有點喜出望外。

劉善偉滿意地說：「合適！方總真是爽快人。」

方晶看著劉善偉，笑了笑說：「我爽快，希望劉總也爽快。說說你打算給多少的諮詢費用？」

劉善偉比出了五個手指，說：「這個數怎麼樣？」

方晶笑了，說：「劉總，你這個數字可有點低啊。」

劉善偉看了看方晶，說：「方總，這已經是行情價，不低了。」

方晶搖搖頭說：「我承認這是行情價，但是，你這是行價中偏低的，誰都知道公路項目利潤豐厚，如果僅僅出這麼點，你的誠意好像有點不夠啊？」

劉善偉想了下說：「方總，你真夠精明的，連這也清楚。那你說吧，多少合適？」

方晶就把中指、食指和拇指捏到一起，說：「我覺得這個比較合適。」

劉善偉搖搖頭說：「方總，你也太狠了吧，那我們還賺什麼啊？都給你好了。」

方晶說：「那你的意思呢？」

劉善偉說：「我看，大家各讓一步，折中吧，就按照六個點來吧。」

方晶原本也是預先留有餘地的，就笑笑說：「成交。希望能跟劉總合作愉快。」

劉善偉笑了笑說：「合作愉快。」

方晶接著說：「接下來就是如何支付和什麼時候支付的問題了。劉總，我知道你們這些中字頭公司的帳目管理很嚴格，我們合作如果成功的話，你們要支付的可不是小數目。我可不想剛拿到錢，就被你們的審計部門找上門來。你跟我老實說，你有辦法付這筆錢嗎？我們合作的前提是不出任何問題。如果不能，那我們前面談的就沒有絲毫的意義了。」

劉善偉笑了，說：「方總，你也太低估我們的運作能力了，如果這筆錢真的出問題，第一個倒楣的可是我劉某人，我跟你的立場是一致的，也不希望出任何問題的。」

方晶說：「那你有辦法處理這件事？」

劉善偉很有自信的說：「當然有辦法了，你要知道，我們公司下面也是有不少民營的二級承包單位的。他們的財務制度可是比我們寬鬆太多啦。」

方晶馬上就明白劉善偉的意思了，劉善偉玩的是層層剝皮的把戲，他拿到項目後，也不會全部自己做，而是會發包一些出去，交給民營二級承包單位去做。甚至可能全部發包出去，賺取價差。

方晶笑笑說：「劉總的算盤倒是打得很精，你們公司不用做事就可以有錢拿。只不過麻煩卻轉給我了，如果到時候你說的那些公司跟我找麻煩，不肯付錢，我豈不是就慘了？如果你一定要這麼做的話，我只能要求你把費用預先一筆付清了。」

劉善偉聽了說：「方總，一筆付清其實也不是不可以，只是到目前爲止，也就是你出面來跟我談，而表面上看，你卻與雲泰公路項目扯不上什麼關係，你要我怎麼相信你，而把費用一筆付清呢？」

方晶笑說：「這倒也是，那劉總你要我怎麼取信你呢？」

劉善偉笑了笑說：「要取信我很簡單，大家都知道這個項目的領導小組組長是海川市市委書記莫克，我也是衝著莫克才跟你接觸的。這樣吧，你安排一下，看是海川或是北京，讓我跟莫克直接見面談一談。這不難爲你吧？」

方晶說：「這不算是難爲我，但是要安排這場會面，我不能馬上就答覆你，需要跟正主商量一下才行，你給我點時間，我跟正主商量後，再答覆你好不好？」

劉善偉爽快地說：「這也是應該的。」

方晶說：「那你就回去等我通知吧。」

劉善偉說：「那行，我就先回去了。」說著，就跟方晶握手告別。

方晶握著劉善偉的手，笑了笑說：「劉總，我們也算達成合作協議了，現在你可以告訴我，是什麼朋友跟你說我這家諮詢公司的事了吧？」

劉善偉被蘇南警告過不准泄露傅華的名字，就打馬虎眼說：「方總，那個人你真的不認識。」

方晶說：「劉總，你騙誰啊，你以爲我不知道是海川的駐京辦主任傅華跟你說的嗎？」

劉善偉沒想到方晶會直接點出是傅華告訴他的，他一點心理準備都沒有，臉上不由得出現錯愕的表情，差一點就脫口說出你怎麼知道的話來。

幸好他沒還沒笨到那種程度，很快反應過來，便乾笑了一下，說：「方總，你真是會開玩笑，傅華是誰我都不認識，又怎麼會告訴我這件事呢？」

方晶暗自冷笑一聲，你還掩飾什麼啊，你臉上的表情都告訴我你是認識傅華的。一定是傅華不讓你說的。

方晶笑笑說：「劉總，不管究竟是不是那個人告訴你的，我只是想提醒你一下，我們所做的事是什麼性質，你應該比我更清楚，想來你比我更不願意讓不相干的人知道這件事吧。所以我奉勸你最好是守口如瓶，就連那位告訴你我公司情況的人，也最好不要跟他講這裏面的事。」

劉善偉說：「這我清楚，我不會拿自己的身家性命開玩笑的。」

方晶笑笑說：「你知道就好。」

送走劉善偉，方晶就打電話給莫克。

莫克說：「有什麼好消息嗎？」

方晶說：「算是好消息吧，我剛才跟劉善偉碰了面，商量了一下工程的事。」

莫克說：「哦，他怎麼說？」

方晶說：「我按照你的意思，跟他說可以幫他拿到一半的項目，問他願意付多少費用，他表示願意出到六個點。」

莫克興奮地說：「哇，六個點，這麼多?方晶啊，你真厲害，竟然可以談到六個點。」

方晶笑了笑說：「當然啦，怎麼說我也在商場打滾多年了。不過對方並不完全信任我，提出要跟你見個面，海川或者北京，地點由你定。」

莫克說：「是啊，給這麼大一筆錢，是誰也不能輕易放心的。見面倒是可以。」

方晶說：「那你說地點定在北京還是海川？」

莫克想了想說：「不能在海川，中字頭的公司名頭太大，來海川馬上就會被人注意的。現在項目那麼多人在盯著，我如果私下會見他，肯定會招來很多議論。」

方晶說：「那你的意思是在北京了？」

莫克說：「就定在北京吧，北京那麼大，不是有心人，不會有人會注意我見了誰。我唯一擔心的就是傅華這傢伙，如果被他知道，我們的事就有點麻煩了。」

方晶說：「你怕他搗亂嗎？」

莫克說：「他搗亂我倒不怕，連他的主子金達都不能怎麼樣，他又能如何？不過這倆傢伙都一個德行，昨天我找金達問招標的事，這傢伙竟陰陽怪氣的說了我好一頓。」

方晶笑笑說：「你不怕他們就好。那你想個辦法來北京吧，到時候我安排你們在鼎福俱樂部見面。誒，你們確定最終把項目分成幾個標段啊？」

莫克說：「方案還沒拿出來，還無法確定。不過我已經催促了一下金達，估計方案很快就會出來了。」

方晶說：「那你能確保劉善偉拿到一半的工程嗎？」

莫克老神在在地說：「這再簡單不過了，他們公司來頭那麼大，再加上我的支持，輕而易舉。」

方晶說：「那我就放心了。你還有事嗎，沒事我掛了。」

「誒，你先等一下，」莫克趕忙說道：「方晶啊，昨天朱欣跟我通電話，跟我說了一件事。」

莫克是個多疑的人，雖然他選擇相信方晶不是來報復他的，但是過了一夜之後，他又開始擔心真的像朱欣所說的那樣，所以忍不住開口問方晶。

方晶愣了一下，她大約猜到朱欣會跟莫克說什麼，因此心中早就想好應對之詞。

方晶取笑說：「莫克，你的話怪怪的，怎麼又提起朱欣了，不會是想跟她復合了吧？」

莫克叫了起來：「怎麼可能？我這輩子都不想再跟那個女人在一起了。」

方晶說：「那你什麼意思啊？」

莫克說：「是這樣子，朱欣說，她跟你說是我出賣了林鈞省長的，有這麼回事嗎？」

方晶聽了，說：「有哇，不過我打心眼裏就不相信你會這麼做，所以也就沒跟你提這件事。」

莫克好奇地問：「為什麼你會不相信呢？」

方晶十分自然的說：「這還用問嗎？我們都是林鈞的部下，我親眼看到他對你那麼好，你怎麼會背叛他呢？更何況，你也沒從他的倒臺中得到什麼好處啊？說這種話的人一定是故意中傷你的。我想朱欣肯定是懷恨你跟她離婚，所以才做出中傷你的事。怎麼了，莫克，你跑來問我這件事幹什麼？不會林鈞真是被你出賣的吧？」

莫克心裏一驚，趕忙說：「沒有沒有，我怎麼會出賣林省長啊？我是怕你上了朱欣的當，以為真是我出賣了他，對我有所誤會。」

方晶心裏不禁暗罵莫克是偽君子，明明就是他出賣林鈞的，還敢這麼信誓旦旦說不是他做的。

方晶意識到莫克有試探她的意思，就不高興地說：「莫克，我怎麼覺得你好像有點不相信我啊?如果你不相信我，我們的合作就算了吧。」

莫克聽方晶說不想合作，立刻就慌了，趕忙解釋說：「不是的，我不是懷疑你，而是怕你誤會。」

方晶冷笑一聲說：「怕我誤會?真是好笑，我會誤會什麼啊?你以爲我會相信你那個一肚子壞水的前妻嗎?那你也太小看了我的智商了。我看你不是怕我誤會，而是根本就不信任我。莫克，我真是沒想到都到這一步了，你居然還不相信我?!算了，這本來就是一件打擦邊球的事，弄不好跟著栽進去都有可能，我本就不想參與，是你非把我拖進這灘渾水裏來的，現在你倒不相信我了。好啊，那我就退出算了。」

第三章

分一杯羹

張作鵬很快就知道市政府拿出了招標方案，他知道不能再等下去了，
再等下去，這個大餅就分完了，他就沒辦法再分一杯羹了。
他必須儘快跟方晶溝通一下，想辦法從方晶那兒爭取看能否拿到部分標段。

莫克著急了，說：「不是，方晶，我真的不是那個意思。你生氣了？」

方晶故意說：「我當然生氣啦，換誰誰不生氣啊？有你這麼欺負人的嗎？我什麼都給你了，你居然還不相信我。」

莫克看方晶真的惱了，趕忙賠罪說：「方晶，你原諒我，是我表達的不清楚，對不起啊，這都是那個朱欣搞出來的事。」

方晶氣呼呼地說：「你明白就好，朱欣不想看到我們在一起，你還去相信她。」

莫克忙發誓說：「我絕不會再相信她了，你放心。方晶，你別生我的氣了。」

方晶嘆了口氣，故作哀怨地說：「唉，算了，別說了，我現在都是你的人了，還能怎麼生你的氣啊。」

莫克一聽方晶終於親口承認說是他的人了，心裏甜滋滋的，便說：「這麼說，你不生氣了？」

方晶無奈地說：「懶得跟你計較了，你還是趕緊去處理好雲泰公路項目的事才是。對了，我跟你在海川這麼高調的亮相，很多人一定知道其中的奧妙了，你說這個張作鵬會不會再找上門來啊？」

莫克想了下說：「這傢伙無孔不入，既然知道了你這條管道，應該很快就會再次找上門的。」

方晶問：「那我要怎麼應付他啊？是繼續拒絕，還是接受他的要求？」

莫克沉吟了一會兒，說：「這傢伙如果再找上門來，不給他點好處，他是不會善罷甘休的，肯定會出來攪局。這樣吧，分給他一部分好了，具體多少等方案出來了再確定吧。」

方晶又問：「那費用怎麼辦？」

莫克笑了，說：「當然該好好收他一筆，這傢伙欠人收拾，不收他一筆大的，他還不相信你呢。再說，也不能就這麼便宜了他。」

方晶聽了說：「那行，我就按照你說的跟他交涉。就這樣，掛了。」

海川市政府終於拿出了雲泰公路項目招標的方案，按照市政府的規劃，將雲泰公路整體工程劃分成十四個標段。

對此莫克心中很滿意，標段多劃分一點，他就多一些操作的空間；但是劃分的太細，又會損害競標單位的積極性，十四個標段看起來不多也不少，正合適。

莫克對來跟他彙報的金達說：「看來市政府這次的工作做得很到位啊，不錯。」

金達看了莫克一眼，心想他是猜中了莫克的心思，心裏鬆了口氣，總算可以交差了。便笑笑說：「莫書記您滿意就好。」

莫克點點頭說：「我很滿意，回頭我們在常委會上議一議，就定下來吧。」

金達說：「行，那您來安排吧。」

莫克又問：「誒，守義同志還在北京嗎？」

金達回說：「對啊，他還在休假中。」

莫克說：「守義同志這次的假期休得可有點長啊？」

金達笑了笑說：「是有點長，主要是他很長一段時間沒回家了，這次就讓他多陪陪家人。怎麼，您找他有事？」

莫克說：「沒什麼事，就是他不在，常委會老缺人不好。」

金達聽了說：「他的假期馬上就結束了，後天應該就回來了。」

莫克說：「那行，常委會就等他回來再開吧。」

金達心裏奇怪，莫克怎麼突然關心起孫守義來了？一向以來，因爲孫守義跟金達走得比較近，莫克對孫守義就很疏遠，現在突然態度變了，不會是在打什麼歪主意吧？

其實金達是誤會莫克了，莫克是因爲最近要去北京跟劉善偉見面，孫守義在北京讓他覺得有些不方便，北京有一個傅華，已經讓莫克感到幾分麻煩了，再加上一個事事看他不順眼的孫守義，更是煩上加煩，所以莫克覺得最好是等孫守義回來了他再去。

張作鵬很快就知道市政府拿出了招標方案，他知道不能再等下去了，再等下去，這個大餅就分完了，他就沒辦法再分一杯羹了。他必須儘快跟方晶溝通一下，想辦法從方晶那兒爭取看能否拿到部分標段。

張作鵬就知會束濤一聲，說他要去北京找方晶，束濤也認爲是該跟方晶接觸一下了，張作鵬就去了北京。下飛機後，就直奔鼎福俱樂部，直接找到了方晶的辦公室。

對張作鵬再次出現在面前，方晶一點都不意外，她早就猜到他會再來的，就笑笑說：「張先生，好久不見啊，這次又有什麼事情來北京啊？」

張作鵬心知方晶是明知故問，不過他對方晶這種落落大方的應對也很佩服，這個女人雖然年輕，處理事情來卻很精明能幹。如果不是知道這個女人是莫克的禁臠，他還真的很想泡她一下。

張作鵬故作埋怨說：「方老闆，你很不夠意思啊，上次我已經把豬頭送到廟門上了，你卻把我推了出去，害我還得再來一趟。」

方晶笑笑說：「張先生，上次我真的沒騙你，我當時連雲泰公路項目相關的事情都不知道，根本就幫不了你什麼忙的。」

張作鵬看了方晶一眼，她這回一點也不裝糊塗，說明她對自己會來已經有了準備，看來這次不會空手而歸了，就說：「那這一次呢？方老闆不會還幫不上忙了吧？」

方晶反問道：「能不能幫得上忙，要看張先生想要什麼了。」

張作鵬笑了笑說：「方老闆爽快，那我也不囉嗦，我想拿雲泰公路項目，不知道你能幫上忙不能？」

方晶笑說：「我是做路橋建設諮詢的，忙自然能幫，只是不知道張先生的期望值是多少，還有我如果幫了忙，你會支付多少的費用給我？」

張作鵬說：「我當然是想多多益善了，至於費用，你不用擔心，少不了你的。」

方晶聽了說：「多多益善是不可能的，這個項目很多人都盯上了，甚至有中字頭的公司托高層領導來打招呼，所以張先生如果期望值太高的話，那還是請回吧，我沒辦法幫到你的。」

方晶之所以強調高層領導來打過招呼，是擔心張作鵬如果知道了劉善偉的公司吃走了大部分項目，會不服氣鬧事，跟他說是高層領導安排的，他就無法再說什麼了，反正張作鵬也不可能去查證究竟有沒有高層領導來打招呼。

張作鵬心說果然下手晚了，趕忙說：「那方老闆，不知道你能幫我到什麼程度？」

方晶認爲這個張作鵬不同於那個劉善偉。劉善偉只是身上那種公子哥的傲氣讓人討厭，而張作鵬卻是另外一種風格，這傢伙痞裏痞氣的，一看就不是好糊弄的主兒。這種人最好是少打交道，即使是非打交道不可，也要把打交道的事情降到最少，便笑笑說：「我能確保的可能只有一個標段，多了可就不敢保證了。」

方晶知道張作鵬一定不會滿意只拿一個標段的，她心中其實是準備給張作鵬兩個標段的額度，說一個是留著作討價還價用的。

果然，張作鵬說道：「方老闆，一個標段也太少了吧？還不夠給鵬達路橋集團塞牙縫的。」

方晶笑說：「那你這個牙縫可夠大的。」

張作鵬也笑了，說：「方老闆，你別這樣好嗎？我總算也來過兩次了，你就再幫我爭取一下吧。」

方晶故作爲難地說：「張先生，這裏面的操作性真的不大。你不滿意，我也沒辦法。」

張作鵬說：「別人沒辦法，你方老闆還會沒辦法？幫幫忙吧，我先謝謝你了。」

方晶只好說：「張先生，你可真夠賴皮的，好吧，頂多我就只能爭取到兩個，不過，我可不敢確保啊。」

如果別人說他賴皮，張作鵬一定會很惱火，但是被方晶這樣的美女說，他不但不惱，反而有點心波蕩漾，心說這麼好的一個尤物，我怎麼就沒福消受呢，倒便宜了莫克那個猥瑣的傢伙啦。

張作鵬笑笑說：「方老闆既然說了兩個，那就不會少於兩個的，行，那就兩個吧，咱們可說定了。」

方晶說：「我盡力爭取就是了，只是費用方面要怎麼算？」

張作鵬說：「按行情價，我給你五個點。」

方晶搖頭說：「五個點有點低啊。」

張作鵬苦笑說：「方老闆，五個點不少了，我拿到的項目本來就不多，再加的話，我就沒剩多少可賺的了。」

方晶聽了，便說：「那行，五個點就五個點，不過，這筆錢在確定得標後，你必須馬上就匯到我公司的帳上來。」

儘快拿到錢對方晶來說很重要，拿到錢，她就可以儘快從這件事中脫身。她已經打算好，一拿到錢，就馬上回澳洲去。因此她沒有在費用上跟張作鵬多作糾纏，而是要求張作鵬在確定得標後，馬上就付清費用。

張作鵬遲疑了一下，說：「這個嘛，方老闆，工程款是在海川市的控制之下，你需要這麼快就把錢拿走嗎？能不能等工程款支付了之後再匯？」

方晶堅持說：「不行，這個沒有商量的餘地。」

張作鵬只好搖搖頭，說：「方老闆做生意真是有一套啊，行，就聽你的。」

方晶笑笑說：「那就預祝我們合作愉快了。」

「合作愉快。」張作鵬也笑了笑說。

海川。

金達正在辦公室看文件，聽到敲門聲，喊了聲進來，就看到孫守義走了進來。

金達高興地說：「你回來啦？」

孫守義說：「剛回來，就過來看看您，這段時間沒什麼特別的事吧？」

金達說：「沒什麼，就是雲泰公路的招標方案已經擬定出來了，整個項目分成十四個標段。」

孫守義聽了說：「這下子市裏有得忙的了。」

金達笑說：「這可能比較符合莫書記的期望吧，我已經向他報告了，我看他很滿意，就等你回來上常委會通過了。」

孫守義愣了一下，說：「等我？我有這麼重要嗎？」

金達笑笑說：「當然重要啦，是莫書記提出說要等你回來一起研究的。」

孫守義說：「我真有點受寵若驚呢，怎麼莫克突然這麼重視起我來了？」

金達說：「我也很納悶。那天我跟他談完招標方案的事，他就問你什麼時間回來，說等你回來再開常委會研究。」

孫守義笑說：「不會是莫克要在北京做什麼事，擔心我在北京礙眼吧？」

孫守義這麼一說，金達覺得還真是很有可能，那個鼎福俱樂部的老闆娘不就在北京嗎？莫克讓方晶在北京設立路橋建設諮詢公司，肯定是想把事情安排在千里之外的北京，好遮人耳目。也許莫克真的是擔心孫守義在北京會礙到他呢。

不過，金達也不想附和孫守義，就笑笑說：「老孫啊，別把莫克書記想得那麼壞，也許他真是想重視你的。好啦，老孫，我們別扯這些了，上次電話裏你跟我說的農業推廣項目的資料，你帶回來沒有？我們還是研究怎麼儘快推廣那個比較靠譜。」

見金達再次回避了莫克和雲泰公路項目的問題，孫守義不禁暗自搖頭，這一切就是因爲莫克身後的那個省委書記呂紀。或者，這是金達以退爲進的策略？他退守到一旁，可能就是在等著莫克犯錯誤吧。

孫守義回來，就很快舉行了常委會，會議重點討論了雲泰公路的招標方案。

莫克在會議上特別強調市政府一定要做好把關的工作，同時，爲了保證建設品質，他傾向於引進一些大型的路橋建設公司參與這個項目，特別是一些中字頭的公司，有實力有技術，一定能保證工程的品質。

孫守義和金達對視一眼，眼神中都含有一絲疑惑，難道莫克已經跟哪家中字頭的公司有了某種默契了嗎？他們心中幾乎可以確定，這次來競標的公司當中，一定會有中字頭的路橋公司。

那孫守義所猜想的事就有了印證。很可能是方晶的諮詢公司在北京幫莫克接洽到了某家中字頭的路橋公司。那下一步的觀察重點就是莫克近期會不會去北京？如果真的去了，那這個設想就是成立的。

果然常委會上確定了招標方案後的第三天，莫克就藉口發改委的那位領導想聽取項目進展的彙報，飛去了北京。

傅華得到通知，在北京機場迎接莫克，這是莫克跟傅華道歉後兩人第一次見面。傅華擔心莫克見到他會尷尬，所以一見面就趕忙迎上去，笑著說：「您好，莫書記。」

莫克淡然一笑，跟傅華握了握手，說：「又要麻煩你了，傅華同志。」

傅華看莫克根本就沒有尷尬的意思，暗想自己有些自作多情，人家是市委書記，豈會為了這種小事尷尬。

傅華說：「莫書記真是客氣了，這是我應該做的工作，麻煩什麼。」

莫克笑笑說：「傅主任，聽說你喜得貴子，還沒恭喜你呢。」

傅華趕忙說：「謝謝莫書記關心。」

莫克說：「他們肯定現在很需要你的照顧，我這次來北京，主要是跟發改委的領導彙報一下情況，沒什麼特別重要的事，你如果忙，就沒必要陪在我身邊，可以回去照顧他們。」

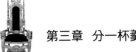

莫克這麼關照他，倒搞得傅華不太好意思了，笑說：「謝謝莫書記這麼關心我，不過不需要的。」

莫克說：「傅華同志，你不要不好意思，誰都有這種情況，你不能陪我，我可以理解，沒事的。」

莫克是真心希望傅華不要老在他身邊打轉，傅華卻被他的反覆無常給搞怕了，不敢領教他的真心。說：「莫書記，真是不需要，我已經請了人在家裏照顧她們，我就是回去也幫不上什麼忙的。」

這又是傅華一個令莫克討厭的地方，傅華雖然跟他一樣出身貧寒，卻先後娶了兩個有錢有勢的女人，過上衣食無憂的生活，讓他聽了心中很不是個滋味。

莫克臉上的笑容沒有了，說：「那就隨便你了。」

上了車後，莫克就閉上眼睛，再也沒跟傅華講話。

傅華將莫克送到飯店，又陪莫克吃了午飯，下午莫克就去發改委，跟那位領導作彙報去了。

彙報實際上很簡短，不到一個小時就彙報完了，之後，莫克回到飯店，便對一直陪著他的傅華說：「傅華同志啊，晚上我要去見一個朋友，他會派車來接我，晚餐你就不用陪我了，回去照顧你的妻兒吧。」

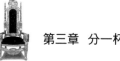

傅華答應了一聲，就離開莫克的房間。不過，他卻不敢離開，仍然留在辦公室裏，以免莫克的行程有什麼變化，好隨機應變。

一直等到晚上七點多，見有一輛豪華轎車來駐京辦接走了莫克，傅華才放下心來，離開辦公室回了家。

來接莫克的是方晶的手下，莫克很快就被送到鼎福俱樂部方晶的辦公室。

見到方晶，莫克就說：「幸好你沒去接我，傅華那個討厭的傢伙一直待在辦公室，等著看是誰來接我。」

方晶笑說：「我沒那麼傻，去你們駐京辦，開我的車會被認出來的。」

莫克又說：「劉善偉那兒你約好了嗎？」

方晶回說：「當然約好了，他九點多會來俱樂部，你看是不是先吃飯？」

莫克卻看著方晶，曖昧的說：「飯吃不吃無所謂，我倒是很想先吃掉你。」

方晶用粉拳輕捶了莫克一下，嬌嗔道：「別沒個正經，等下見劉善偉是正事，先把正事辦好了再說。」

莫克笑說：「那正事辦完了呢？是不是就可以不正經了？」

「去你的吧！」方晶伸出粉拳又想來打莫克，卻被莫克抓了個正著，莫克順手一拉，將方晶拉進懷中，然後抱緊了方晶，邊嗅著方晶的體香，邊在方晶的耳邊喃喃說道：「方晶，我想死你了，這幾天我做夢都會夢到你。」

方晶渾身都起了雞皮疙瘩，卻不能把她的反感表現出來，相反，還得裝出一副享受的樣子去迎合莫克。幸好她不是第一次應付這種場面，於是一邊扭動著嬌軀，一邊貼近莫克的臉嬌喘著，喃喃說道：「我也想你。」

莫克一身的欲火馬上就被點燃，他的手伸進方晶的內衣中，想要去揉搓方晶高聳的山峰。方晶立即抓住莫克的手，不讓他繼續深入下去，然後嬌笑說：「你真是調皮，都說了辦正事要緊。好啦，你還沒吃飯不是嗎？聽話，先吃飯。」

莫克很享受方晶用這種像愛侶間打情罵俏的口吻跟他說話，就收回了手，半帶撒嬌的說：「這可是你說的，正事辦完後，你一定要好好陪我一下哦。」

方晶又是一身的雞皮疙瘩，心裏十分後悔實施這個報復計畫。不過她已經沒有回頭路了，只能硬著頭皮繼續敷衍下去，就甜甜的說：「放心好了，我不會讓你失望的。」

兩人就一起去吃飯，九點多一點，方晶的電話響了，劉善偉說他已經到了俱樂部門前，問方晶在哪裡，方晶說她在俱樂部，讓劉善偉去她的辦公室。

方晶收起電話，對莫克說：「劉善偉到了，我們去辦公室吧。」

莫克就和方晶一起去辦公室，剛坐下，劉善偉就到了。

方晶站起來說：「劉總，我給你們介紹，這位是海川市的市委書記莫克，這位是中鐵五局的劉善偉劉總，他對海川的雲泰公路項目十分感興趣。」

劉善偉跟莫克握了握手，說：「幸會，莫書記。」

莫克也跟劉善偉握了手，說：「幸會，劉總，請坐。」

方晶給兩人泡上了茶，莫克和劉善偉又寒暄了幾句，便直接進入主題。

由於很多細節事先方晶已經跟劉善偉談過了，劉善偉和莫克也就是相互確認一下而已，劉善偉主要是想見見莫克，好確認方晶是可信的，因此這次討論的時間並不長，很快就談好了。

方晶看兩人談完了，就拿了三個杯子，開了一瓶人頭馬，倒上酒，然後說：「香港人說，人頭馬一開，好事自然來；來，我們喝一杯，預祝我們的好事順利成功。」

劉善偉和莫克就端起酒杯，一起說了祝順利成功，然後三人碰了杯，將杯中酒乾了。

方晶看著劉善偉，說：「劉總，時間還早，要不我給你開個包廂，你在我們俱樂部玩一會兒，消費算我的。」

方晶的意思是想讓劉善偉留在俱樂部，這樣莫克就會陪劉善偉一起，只要他們玩的時間夠長，莫克礙於身分不好留在俱樂部太久，就會急於趕回海川大廈，那樣莫克就沒空糾纏她了，她就可以逃過這次劫難。

沒想到劉善偉卻無意留下來，他笑了笑說：「方總，你的好意我心領了。我覺得競標

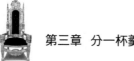

前，還是少跟莫書記一起公開露面比較好，莫書記，你說呢？」

莫克點點頭說：「是啊，爲了避免麻煩，我們的行爲還是謹慎些比較好。」

劉善偉說：「那我就先回去了，方總，這幾天我就會讓那些二級承包的民營公司過來跟你簽訂諮詢合同的。」

方晶見留不住劉善偉，有些無奈，這晚她陪莫克是陪定了。只好笑了笑說：「劉總，你就安排好了，我會跟你配合好的。」

劉善偉就離開了。

莫克慶幸說：「幸好這傢伙識趣，沒有留下來，不然我們這個美妙的夜晚就報廢了。」

方晶說：「他也清楚我那是客套話，當然不會留下來了。怎麼樣，你要不要再喝一杯啊？」

莫克搖搖頭說：「你上次離開海川時囑咐我少喝酒，剛才那杯要不是爲了預祝合作成功，我是不會喝的，所以酒就不要了。」

方晶便說：「那就別喝了，還是身體要緊。」

方晶要把酒收起來，莫克卻等不及了，他沒多少時間可以耽擱，便從後面抱住方晶，親吻起方晶的脖子、耳朵來。

親了幾下之後，方晶就嬌喘吁吁起來，說道：「我們到裏面去吧。」

兩人就相擁著進了裏間，莫克跟方晶已經有過身體接觸，再次攻防，他就熟門熟路，不再那麼緊張了，開始勇猛的衝刺起來。

沒想到正當方晶準備接受一場暴風驟雨的洗禮時，莫克忽然叫了一聲，就趴倒在方晶的身體上不動了。別說是暴風驟雨，連毛毛雨都沒有了，方晶差點沒氣得把莫克踢到地上去。

她壓抑著心中的厭惡和怒火，輕柔的撫摸著莫克。如果是不知道她內心想法的人看到這一幕，一定會認爲這是一對恩愛無比的情侶。

莫克喘息了一會兒，從方晶的身上起來，對方晶笑著說：「這次我表現的不錯吧？」

方晶努力的點了一下頭，違心的說：「不錯，比上一次進步大。」

莫克一邊穿衣服，一邊說道：「方晶，我不能陪你了，你安排車送我回去吧。」

方晶心說：你總算要滾了，便笑笑說：「你等一下，我打個電話讓司機把車開出來。」

方晶就披上睡袍，走到辦公室打電話給司機。她打電話時，莫克又從後面攏住了她，在她身上摸摸索索的，方晶心中厭煩至極，卻也不好推開莫克。

幸好司機很快把車開了出來，她就說：「好了，快走吧，司機在下面等你呢。」

莫克十分不捨的說：「我這一走，又有好長時間見不到你了。」

方晶說：「等雲泰公路招標這件事處理完，我會專程去海川的，到時候一定好好陪陪你。」

莫克這才依依不捨的鬆開方晶，說：「真希望招標早點結束，我走啦。」

方晶抱了抱莫克，親了他臉頰一下，叮嚀說：「你要老老實實的在海川等我，不准跟小女生瞎混啊。」

莫克點點頭說：「嗯，我在海川等你，你可要快點來啊。」

莫克就離開了方晶的辦公室，方晶靠在窗前，看他出了俱樂部大門，上車離開了，這才冷笑說：「傻瓜，你就在海川等著吧，恐怕你這輩子都無法再見到我了。」

方晶又撥了一個號碼，電話很快通了，一個男人在電話那頭笑了笑說：「老闆娘，這麼晚打電話來，是不是想我了？」

方晶笑說：「呂先生真會開玩笑，以您的身價，一定身邊一大堆年輕漂亮的小妞陪著呢，怎麼還跟我這個黃臉婆開這種玩笑啊？」

原來跟方晶通話的是香港賭船的船東呂鑫。他笑說：「老闆娘，如果你都算是黃臉婆，那天下就沒有美女了。」

方晶笑笑說：「好了呂先生，您就別打趣我了。說正事，過段時間我想弄一筆資金出去，不知道最近的形勢怎麼樣？」

呂鑫愣了一下，說：「你要搞一筆資金出去？你不是剛把一筆資金搞進來嗎？」

方晶嘆了口氣說：「別說了，呂先生，有些事跟我設想的不一樣。」

呂鑫說：「現在風聲倒不是很緊，應該沒什麼問題，你準備走多少？你報個數字，我好準備額度。」

方晶說：「幾千個，我現在還無法確定具體數字，也不是馬上就走，大概還要兩三個月的時間吧。」

呂鑫聽了說：「那行，等你有了具體數字再跟我說，我幫你辦就是了。」

方晶感激地說：「那謝謝您了，老是麻煩您幫忙。」

呂鑫笑說：「老闆娘，跟我你還客氣?!當初林省長可是幫過我很大的忙，我幫你也是理所當然的。唉，說起來，林省長真是夠意思，可惜就是下場太慘了。」

方晶會認識呂鑫，就是因爲林鈞的關係，當初林鈞爲了將資金轉到澳洲，特別帶方晶去了一趟香港，介紹呂鑫跟方晶認識，讓呂鑫將轉出的資金全部交給移民澳洲的方晶。

知道要見的是一個賭船的船東，方晶很是詫異，納悶林鈞怎麼會認識呂鑫這樣一個背景這麼複雜的人。呂鑫雖然是混混出身，但是卻很有遠見。早在九十年代初期，呂鑫已經靠敢打敢殺，在香港成爲角頭老大，手下帶了一批小弟，手裏有不小的資金和實力。

他看到大陸改革開放後經濟突飛猛進，認爲大陸一定是將來的發展方向。他知道打打殺殺總不是個辦法，他年紀漸大，想建立起一個可以養老的事業，就想來大陸投資。

但那個時候他在香港還有案在身，不能公開的拋頭露面，就拿出一筆錢給幾個小弟，讓他們以港商的身分進軍大陸投資。這些人當中有一個就是呂鑫的女婿。

這幾個小弟本來是跟著呂鑫打打殺殺混黑社會的，突然穿起西裝做起生意來，很多人一時之間很難改掉惡習。

呂鑫的女婿也一樣，他改不了身上的江湖習氣，在跟合作夥伴發生衝突時跟人械鬥，結果出了人命，將那個合作夥伴打死了，呂鑫的女婿就被抓。因爲對方在當地的勢力很強，司法機關在對方的壓力下，非說呂鑫的女婿是蓄意殺人的凶手，要將他判處死刑。

呂鑫自然不能就這麼看著女婿死掉，可是又不能衝到大陸強行將女婿救走，於是呂鑫就托了一個跟他關係不錯的港商，輾轉找到了林鈞。

林鈞當時是市委書記，聽了港商的陳情，知道呂鑫的女婿雖然也有不對的地方，但是罪不至死，於是親自過問了這件事。

市委書記出面，形勢一下子就扭轉了，司法機關經過重新調查，認定雙方是因爲發生分歧，一時激憤產生械鬥，事先並無預謀，也就談不上故意殺人，應該算是意外傷害致死。呂鑫的女婿就賠償了對方一筆錢後，安然無恙的回到了香港。

這件事讓呂鑫對林鈞十分感激，特別托那個港商帶話給林鈞，說他全家人對林鈞的救命之恩沒齒難忘，只要林鈞有用到他的地方，他一定會全力以赴，萬死不辭。

林鈞本沒當回事，呂鑫的話聽過就算了，也沒記在心裏。後來林鈞政績出眾，步步升遷，做了副省長，然後就是東海省的省長。期間也有因公事到過香港。每次他到香港，呂鑫都會親自登門拜訪，對林鈞盛情款待。

這時的呂鑫已經洗脫了身上背負的罪案，越發發達起來，他和幾個朋友合資買了天皇星號，開了自己的賭船，做起船東。同時也投資內地開工廠，大作慈善事業，儼然是一個很有公益心的愛國港商。

也就在這時候，林鈞跟呂鑫關係密切起來，很多私密的事務便委託呂鑫幫他辦理，包括通過呂鑫的賭船往國外洗錢。後來方晶把錢轉回國內投資，有些部分是通過呂鑫處理的。

呂鑫舊事重提，讓方晶不免有些難過，哽咽地說：「呂先生，你別說了，我至今還記得第一次見您的情形，往事不堪回首，徒惹傷悲而已啊。」

呂鑫勸說：「好了，我們大家都不說了。反正你的事我會幫忙到底就是了，到時候你打電話給我好了。就這樣吧。」

方晶平復了一下自己的情緒，說：「好的，那就這樣。」

掛了電話後，方晶繼續看著窗外想事情。

要想全身而退，她還有很多的事要處理。一是她在湯言那裏的投資要收回來。這個應該不成問題，因爲這些日子，海川重機的股價一直在往上飛漲，像坐了火箭一樣，直線拉升。按照方晶估計，湯言這次肯定是賺了個盤滿缽滿，她的投資不但無虞，甚至還會有不錯的收益。

第二件事，就是需要將鼎福俱樂部轉讓出手。然而這樣一家在北京很有名氣的俱樂部想要找買家，一時之間很難找到不說，也很難保住秘密，如果傳到莫克的耳朵裏，莫克就會知道她要逃走，她的計畫就很難順利實行了。

幸好這房子是租的，裝修雖然豪華，價值卻不是很高，如果真的沒有辦法，方晶就打算將俱樂部放棄掉算了。

她心中還有一股衝動，那就是在她順利將資產轉移出去後，她想要將莫克違法的證據寄給有關部門，以報復莫克對林鈞的背叛。想到這裏，方晶打開了辦公室桌上的電腦，透過電腦開始查看監視器錄下的內容。

當初方晶因爲一個單身女人在北京經營俱樂部，怕有人會算計她，就在裝修的時候，特別在辦公室安裝了監視器，好監控她不在辦公室的時候，有沒有人進入到辦公室搞鬼。現在監視器將今晚莫克和劉善偉會面商談的整個過程都錄了下來。

方晶將過程燒成了光碟，然後扔進保險箱鎖了起來。這是將來報復莫克的利器，也是一吐心中惡氣的最好工具。

做好這一切，方晶才回到裏間，鑽進被窩裏睡了過去。

此刻莫克正在回海川大廈的路上，他心中還在爲剛才方晶送別他時的那個親吻而激動不已呢。

莫克不免有些飄飄然，在心中開始設想起以後要怎麼跟方晶展開他的幸福生活了。他越想越覺得自己實在是太高明了，不但抱得美人歸，而且因爲方晶本就是一個成功的商人，將來他從雲泰公路項目中攫取的豐厚利益，完全可以解釋爲這一切都是方晶賺來的，就沒人會說三道四了。

對美好生活的憧憬，讓莫克的心情越發大好起來，在第二天傅華送他去機場的車上，他的嘴角還不自覺的帶著笑意。這讓傅華心中直納悶，搞不清楚莫克爲什麼會這麼高興。

莫克回到海川後，雲泰公路的招標工作就緊鑼密鼓的展開了。

莫克並沒有把全部標段都把持著，只控制著劉善偉和張作鵬兩人的部分。其餘的，他答應了幾個省領導出面幫忙打招呼的公司。一切都在有條不紊的進行著。

第四章

三公原則

海川市委市政府對此次競標給與了很高的評價，認為體現了公正公平公開三公原則，並且他們相信由中字頭公司牽頭建設，雲泰公路一定會被建設為一條優質的道路，但是傅華心中卻很清楚中鐵五局是怎麼得標的。

海川，孫守義辦公室。

孫守義正在審閱一份批文的文稿，門開了，劉麗華拿著一份文件走了進來說：「孫副市長，這裏有份文件需要你看一下。」

孫守義看了劉麗華一眼，說：「行，拿過來吧。」

劉麗華關上門把文件拿到孫守義面前，孫守義伸手去接，劉麗華卻不肯鬆手，兩人各自拿著文件的兩頭，手懸在了半空中。

孫守義見此情形愣了一下，說：「你這是幹嘛？」

劉麗華瞪了孫守義一眼，不滿的說：「你還問我幹嘛，我問你，你從北京回來有些日子了，怎麼都不找我啊，我給你電話你也不接，你什麼意思啊？」

最近這段時間，孫守義確實是有些冷落劉麗華，這倒不是因為他厭倦了劉麗華，而是他這次回去跟家人在一起待的時間不短，就對他跟劉麗華的不軌行為感到有些歉疚，尤其是面對孩子的時候，總覺得不該那麼做，因而從北京回來後，他就一直沒跟劉麗華聯繫，劉麗華打電話給他，他也不接。

孫守義就笑了笑說：「我最近很忙嘛，行了，別鬧了，把文件給我。」

劉麗華卻不肯鬆手，說：「你忙什麼啊，你的行程我都知道，最近你根本就不忙。」

劉麗華說知道他的全部行程，這可不是好的兆頭，孫守義愣了一下，說：「你在查我的行程？小劉，你這可是有點過分啦。」

「我過分？」劉麗華氣哼哼地說：「我看過分的是你吧，你明知道人家想你，卻這麼長時間不理我。」

孫守義心裏有點惱火，他不喜歡劉麗華這種纏人的態度，就瞪了她一眼，教訓道：「小劉，你有完沒完？你也不看看場合就隨便發脾氣，這裏是辦公室，可不是談情說愛的地方。趕緊把文件給我，然後出去。」

「你……」

劉麗華看孫守義不但不安撫她，反而來訓斥她，心中越發的委屈，眼淚就在眼圈裏打轉，想跟孫守義吵鬧又不敢，便說了一個你字，就說不下去了。

孫守義看劉麗華楚楚可憐的樣子，心中再次被喚起兩人在一起時的柔情蜜意，覺得不應該對劉麗華這樣的，就說：「好了，你別這樣，你想見面不是嗎？今晚我們就見個面，好好聚一下就是了。」

劉麗華有些不相信地看著孫守義，說：「真的？」

孫守義說：「當然是真的，你等我電話吧。現在你可以把文件給我了吧。」

劉麗華這才破涕爲笑說：「當然可以。」就把文件遞給孫守義。

孫守義瞅了劉麗華一眼，說：「你趕緊把情緒穩定一下，別出去讓人看出什麼來。」

劉麗華知道自己有些失態，趕緊平復了一下情緒，這才離開。

門關上後，孫守義再次覺得把劉麗華留在身邊是一件很不明智的事。劉麗華不但恃寵而嬌，還在私底下查看他的行程，這可有點危險。他更擔心劉麗華跟他親暱慣了，會在人前不自覺的露出跟他親暱的舉動。

孫守義已經有過林姍姍的前科，劉麗華跟他的關係不能再曝光。如果讓沈佳知道了，那她絕不會容忍的。他費了好大勁才讓兩人關係恢復到以前的狀態，如果再出一件類似的事，沈佳一定會跟他分手的。那他的仕途想要再上一個臺階，就更是不可能的了。

但是劉麗華要怎麼安排，就很費腦筋了。這個女人跟他這麼兒女情長，已經有想要黏上他的意思，驟然分手，說不定她會被激怒。女人要是被激怒，可是什麼事都會幹得出來的。

孫守義見過太多栽在女人手裏的領導，對劉麗華不敢掉以輕心，他擔心惹惱劉麗華，萬一她把他們的關係公諸於眾，那樣事情就不妙了。

按照孫守義的設想，最好是將劉麗華從市政府調走，讓劉麗華跟他保持一定距離，這樣她也不能再緊迫盯人；而且因爲有了距離，他們再要相會，就有了更大的空間，不用再局促在市政府這個範圍內，反而能避開眾人的耳目。

晚上十點多，劉麗華偷偷地來到孫守義的住處，一見面，劉麗華連話都沒說，就一下子撲到孫守義懷裏，不停地親吻著他。

孫守義實際上也很渴望劉麗華的身體，乾柴遇到了烈火，兩人自然很快就糾纏在一起，孫守義感覺他整個被劉麗華的柔情包裹了起來，體內的野性完全被誘發出來，開始一邊雙手撫摸著劉麗華的身體，一邊猛烈的迎合起來。

巨浪一次次的撞擊著岸堤，最後在漫天的激情中，把兩人帶進了最美妙的巔峰。

雨住風停，兩人癱軟的相擁在一起，孫守義閉著眼睛，這場情事雖然堪稱完美，卻也耗盡了他的體力，此刻他腦海一片混沌，眼見著就要睡過去了，偏偏就在這個時候，劉麗華還不消停，撒嬌的說：

「這兩天你還不理我，我就不相信你老婆也能讓你有這麼美好的享受。」

女人有時候煩人的地方就在這裏，大多數男人是最不喜歡把老婆和情人作比較的。因爲情人和老婆的功能是不同的，在男人心中不想比較，也不能比較。所以一個好的情人，或者說聰明的情人，是不該去跟男人家裏的老婆爭寵，既然選擇了要做情人，就該守情人的本分，不去過問男人老婆的任何事。

孫守義對劉麗華這句話有些反感，不過剛剛兩人才有過那麼美妙的享受，他也不好馬上就板起臉來訓斥她，於是乾笑了一下，沒說什麼。

沒想到劉麗華還不識趣，推了一下孫守義，說：「你別光笑啊，我要你告訴我，究竟是我好，還是她好。」

孫守義有點煩了，瞪了一眼劉麗華，說：「你這不是無聊嗎?比這些有意義嗎?」

看到孫守義不高興，劉麗華陪笑著說：「你不想比就算了，我只是覺得你不應該回來這麼久都不理我。」

孫守義苦笑了一下，說：「你想知道原因嗎?」

劉麗華點點頭說：「嗯，我想知道。」

孫守義說：「原因是我回去面對老婆孩子，再想起你，心中就有一種犯罪的感覺。」

劉麗華愣了一下，不滿的說：「既然這樣，你可以繼續不理我啊，或者直接跟我提出分手，用不著一副背著道德十字架的模樣。你這樣子給誰看啊?你覺得對不起老婆孩子，你就回去陪他們嘛。」

孫守義看劉麗華雖然話說得很硬氣，但是臉上卻是一副想哭的委屈表情，就摟了摟劉麗華，安撫說：「這不是你老讓我有想犯罪的衝動嗎?我也捨不得你啊。」

劉麗華這才臉色好看了些，說：「算你會說話。」

孫守義這時已經被劉麗華鬧得睡意全無了，就輕撫著劉麗華滑嫩的肌膚，在劉麗華耳邊說道：「小劉，你想沒想過離開市政府啊?」

劉麗華警惕了起來，看著孫守義說：「幹嘛，你真的要跟我分手啊?」

孫守義解釋說：「不是，你和我都在市政府，一舉一動都有人在看著，你又老控制不住自己，我真是很擔心哪天你控制不住讓人看到，我們的事就會敗露了，這讓我有些緊張。」

劉麗華趕忙說：「那我以後謹慎些就是了，也不用非要離開市政府啊？」

孫守義說：「這不是你說謹慎就能謹慎的。再說，調離市政府，也不是就把你發配到很遠的地方去，也就是在市區找一家單位，我們還是想見面就能見面的。這樣別人也不會注意我們，你也可以借這個機會提升一下。」

劉麗華猶豫了一下，她很清楚孫守義會提出這件事，就是孫守義對目前這個狀態感到不安了。她如果堅持不肯離開市政府的話，孫守義很可能會因此對她心生隔閡，開始跟她疏遠。反過來，如果她答應調離市政府，孫守義因爲去除了心中的不安，反而會對她心存感激。

劉麗華很想把這段關係儘量維持的長一點，一來是因爲她真的喜歡孫守義；二來，她也對孫守義未來的發展有所希冀，這樣她這棵攀附在孫守義身上的藤蔓也能隨著孫守義的發達而跟著受惠起來。

劉麗華嘆了口氣，說：「我真不捨得離開你身邊，不過我也不想你爲此擔心，如果你非要將我調走的話，那你就安排吧。」

孫守義原本以為要費上一番口舌呢，沒想到劉麗華這麼快就答應了，這讓孫守義有點喜出望外，立刻抱了一下劉麗華，說：「小劉，謝謝你這麼通情達理。」

劉麗華無奈地說：「誰叫我喜歡你呢，說吧，你準備把我安排到哪裡去？」

孫守義說：「你想去哪裡？城區這些單位你隨便選。」

劉麗華想了想說：「我看財政局待遇不錯，要不我去那裏？」

孫守義一聽，搖搖頭說：「不行，莫克的前妻朱欣在那兒，那個女人很愛搞事，你去那裏，說不定她會注意上你的。」

劉麗華又提出要去公路局，也被孫守義否決了，公路局目前因為雲泰公路項目的運作，正是一個被關注的部門，如果孫守義將劉麗華調到公路局去，一定會被人注意的。

商量來商量去，最終決定讓劉麗華去海川市城建局，這個單位待遇不錯，也沒有什麼不合適的地方。商定後，孫守義就說：「那行，明天我就找金達市長安排這件事。」

劉麗華好奇地說：「金市長會幫你這個忙嗎？」

孫守義笑笑說：「這個忙他肯定會幫的。」

第二天，孫守義在金達辦公室談完公事後，便說：「市長，上次你跟我說的機要室那個小劉的問題，回去我自己想了一下，可能是因為我對小劉態度上有點太隨意了，外面對此還真是有不少的議論啊。」

金達看了孫守義一眼，心說：恐怕不止態度隨意這麼簡單吧？他說：「老孫啊，這你真要注意些，我們這些做領導的，平常就是沒什麼事情，下面的人也會編出事情來，以後你對這個小劉是要保持距離了。」

孫守義附和說：「您說的對，這些不好的傳聞已經形成了，我覺得光是跟她保持距離已經不夠了，最好能將小劉調離市政府，這樣她不在市政府，一些議論也就自然會消失了。」

孫守義願意慧劍斬情絲，金達自然樂觀其成，便說：「那你準備將她調到哪裡去啊？」

孫守義說：「其實小劉是很無辜的，她也沒做什麼錯事，卻因爲一些不相干的傳聞將她調開，有些不公平。所以我想能不能把她安排得好一點，讓她去海川城建局這一類的單位。」

金達猜想一定是孫守義事先跟劉麗華商量好了，而孫守義之所以來找他，一定是他覺得自己不好出面處理這件事，既然這樣，不如索性好人做到底，金達就說：

「老孫，我明白你的意思了，你出面的話，又會惹來一堆閒話的，我來幫你安排好了。你放心，城建局那邊我會跟他們打打招呼的，小劉怎麼說也是我們市政府出去的人，我不會讓她受委屈的。」

孫守義感激地說：「那謝謝市長了。」

北京，傅華家中。

傅華幫鄭莉把傅瑾洗好澡，拿著小搖鈴逗傅瑾玩。

傅瑾這個名字是鄭老給取的，瑾是美玉的意思，表示全家人都把這個小孩當做美玉一樣的珍惜。

剛洗完澡的傅瑾眼珠滴溜溜的隨著傅華手中的搖鈴打轉，不時發出咯咯的笑聲，還伸出小手想要去抓搖鈴。

看到傅瑾這麼可愛，傅華一天工作的煩累全都跑到爪哇國去了，他忍不住低下頭去親傅瑾嬌嫩的小臉蛋。

當初傅昭出生的時候，傅華沒有陪伴在趙婷身邊，後來和趙婷離了婚，傅昭留在澳洲跟趙婷一起生活，傅華很少能看到傅昭，從未享受過親子之樂。這次傅瑾誕生就不同了，他有充分的時間可以陪在鄭莉和傅瑾身邊。

其實這天傅華心情並不是很好，因爲雲泰公路項目得標單位終於出爐了，其中就有曾經找過他的中鐵五局某公司。鵬達路橋集團也得到了兩個標段，也算是很有斬獲了。這次中鐵五局是大贏家，得標了整個工程一半的標段。

海川市委市政府對此次競標給與了很高的評價，認爲體現了公正公平公開三公原則，並且他們相信由中字頭公司牽頭建設，雲泰公路一定會被建設爲一條優質的道路。

但是傅華心中卻很清楚中鐵五局是怎麼得標的，一定是劉善偉透過方晶找到莫克，在莫克的運作下，劉善偉才會拿到工程的一半。換句話說，這個競標結果根本就不是什麼三公原則下產生的，而是行賄下產生的不正當結果。

傅華心中很不舒服，感覺自己似乎也成了幫凶，他只能在心中祈求劉善偉拿到這個工程後，會認真負責的施工，確保項目的品質。

看到方晶爲了錢竟然不惜投入她討厭的莫克懷抱之中，他甚至有點不齒方晶的爲人。看來方晶根本就是一個愛財的女人，她說的那些話，其實只是遮羞的謊話罷了。

這時，傅華的手機響了起來，是蘇南打來的，傅華走出臥室，在客廳裏接通了。

蘇南興奮地說：「傅華，告訴你一個好消息，可能你已經知道了，劉善偉的公司得標了。」

傅華早猜到蘇南在這個時間點打電話來，一定是談劉善偉得標的事，便說：「知道是知道了，不過我可不覺得是什麼好消息。」

蘇南笑笑說：「傅華，你別這樣，你老是這麼認真，會搞得大家都不好做人的。」

傅華說：「那也沒辦法，這是我的本性，江山易改本性難移。」

蘇南說：「好好，你愛怎樣就怎樣好了，我不跟你爭這個。我打電話來是受人之托，劉善偉想跟你吃個飯，感謝一下你。」

傅華回絕了：「我有什麼好謝的，我可沒什麼貢獻，沒必要請我吃飯，無功不受祿。」

蘇南勸說：「你有沒有貢獻大家心知肚明，好啦，傅華，你就給我個面子，跟劉善偉吃個飯吧。」

傅華爲難地說：「南哥，你也知道我不愛參與這種事。飯我就不去吃了，省得搞得大家都不愉快。」

蘇南不死心地說：「可是，劉善偉真的是沒別的意思，只是想表達一下他的謝意罷了。」

傅華說：「南哥，當初我幫的可不是他，他謝我什麼啊?!」

蘇南看勸不動傅華，只好說：「你這個脾氣啊，我知道當初你是爲了幫我，這份情我領啦，既然你不想吃這頓飯就算了，我回了劉善偉就是了。就這樣吧。」

傅華又說：「先等等南哥，麻煩你幫我帶個話給劉善偉。」

蘇南聽了說：「你有什麼條件就開出來吧，善偉心中很感激你，一定會答應你的條件的。」

傅華說：「不是我個人有什麼條件，而是我希望他能把工程建設好，可不要出什麼豆腐渣工程，不然人家罵他的時候，我後背也會發涼的。」

蘇南笑笑說：「這個你就不用擔心了，善偉再糊塗，也不敢拿工程品質開玩笑，我會叮囑他保證工程品質的，這樣總可以了吧？」

傅華說：「可以了，那就再見了，我要去陪兒子啦。」

傅華回到臥室，這時傅瑾已經被哄睡了，鄭莉問道：「南哥打電話找你幹嘛？」

傅華說：「也沒什麼事，就是他一個朋友得標了雲泰公路項目，想約我吃頓飯，被我回絕了。」

鄭莉猜說：「不用說，他這個朋友會得標，與你有很大關係囉，是你幫他引薦的吧？」

傅華搖搖頭，說：「我只是給南哥提了個建議，具體的事是他們自己去操作的。」

鄭莉奇怪地說：「看你的臉色，似乎對南哥這位朋友得標不是很高興啊？」

傅華嘆說：「是啊，我知道南哥這位朋友一定是私下做了一些勾兌才會得標的。這跟我信奉的理念是背離的，心裏就很彆扭。但是礙於人情等等原因，又不得不這麼做，讓我覺得自己左右爲難，十分難受。」

鄭莉勸說：「你不用這麼糾結，人生不就是這樣嗎？哪個人敢說他這輩子從沒做過違心的事啊？如果人能做到一輩子沒做過錯事，那簡直就是神了，何況連神都不一定能做到不犯錯的。」

傅華聽了，這才好過些，說：「讓你這麼說，我心中寬慰了很多。」

鄭莉笑笑說：「你是自己走進了死胡同，就算你不提這個建議，還是會有別人做這種事的，結果跟現在並沒有什麼不同，你內疚什麼啊？又不是你操作的，起碼你這樣還幫到了朋友。」

這時傅瑾醒了過來，哇的一聲哭了，兩人趕忙去查看傅瑾去，就沒再繼續這個話題了。

就在傅華接到蘇南電話的同時，在俱樂部的方晶也接到了莫克的電話。

莫克跟方晶報告了雲泰公路得標的結果，然後說：「方晶，現在中鐵五局和張作鵬那邊都已經按照預定的目標得標了，你要催他們趕緊把費用匯到你帳上去，不要中途發生什麼變故就不好了。」

方晶說：「好，我回頭就打電話給劉善偉和張作鵬。」

莫克催說：「別回頭了，我掛了電話你就打。現在這個時間點對我們來說很重要，得標的正式合約還沒簽，我還能控制住他們，一旦正式合約簽了，你再想控制他們就很難了。」

方晶聽了說：「行，那我馬上打。」

莫克又交代說：「打完後，是什麼情況你馬上跟我彙報一下，我好做應對工作。」

方晶說：「好。」

莫克掛了電話後，方晶就打電話給劉善偉和張作鵬。先是跟他們道了恭喜，然後說她已經兌現了承諾，他們是不是也該把費用匯到她的帳上了呢。

張作鵬和劉善偉倒沒有要賴帳的意思，兩人都答應第二天會儘快將錢匯到方晶的帳戶上。方晶就把兩人的回話告訴莫克。

莫克聽了，說：「方晶，現在事情能不能成功就看明天了。你一定要盯緊了，確保資金進帳。」

方晶說：「你放心，如果他們哪個不匯錢，我會立即督促的。誒，還有，回頭錢到帳了，我要怎麼處理啊？要不要匯一部分給你啊？」

莫克想了想說：「錢到帳上後，你先放一放不要去動它，等看看風聲如何再說。」

方晶故意說：「這麼一大筆錢放我帳上，你不擔心嗎？」

莫克笑說：「我擔心什麼，我們都是那種關係了，我不信任你，還能信任誰啊。」

第二天，沒出任何的岔子，劉善偉和張作鵬果然按約定把費用匯進了方晶諮詢公司的帳上。

看到戶頭上的數字，方晶臉上露出了笑容，莫克，現在錢都進了我的口袋，你就別想想拿走了，這就算是你對我所做的事的補償吧。

錢進帳，方晶的心就安定下來，除非莫克和張作鵬、劉善偉出事，相關部門查上門來，否則任何人如果沒有她的同意，是轉不走這筆錢的，下一步就是等湯言把她的投資還回來了。

只要湯言一還錢，她就馬上跟呂鑫聯繫，讓呂鑫幫她把這些錢轉到澳洲，她就去澳洲生活，再也不回來了。

方晶是安心了，莫克的心卻始終無法安定，眼看幾千萬的收益馬上就要到手，讓他一直處於緊張狀態。

莫克一直在等方晶打來的報喜電話，但這個電話卻遲遲不來，搞得莫克心急如焚，終於耐不住性子，在傍晚主動打電話給方晶。

方晶接通電話，莫克急忙問道：「方晶啊，張作鵬和劉善偉的錢究竟到沒到帳啊？」

方晶心說：到沒到帳關你什麼事啊？這個錢反正沒你的份。不過，現在還不到要跟莫克翻臉的時候，就笑了笑說：「到了，到了，錢在我帳上了。」

莫克呆了一下，方晶說錢到帳了，這表示他一下子成了千萬富翁了，他的心臟有驟然停止的感覺。

莫克有一種不真實的感覺，好像在夢境一般，生怕一開口說話，夢就醒了。

方晶聽莫克半天沒說話，就問說：「怎麼了，莫克，你怎麼不說話啦？」

莫克這才大夢初醒般的說：「方晶，我渾身都洋溢著幸福的感覺，這時候說什麼都無法表達我的心情。」

傻瓜！錢都在我手裏呢，你又沒拿到一分錢，幸福什麼啊！

方晶附和地說：「莫克，我的感覺跟你一樣，一下拿到這麼一大筆錢，真是太讓人激動了。」

莫克高興地說：「是啊，真是太讓人激動了，你知道我現在在想什麼嗎？我想馬上就衝到北京去，跟你擁抱在一起，感受這一刻的美妙，從此不再分開。」

方晶渾身又起了雞皮疙瘩，趕忙轉移話題說：「莫克，現在錢已經到我們手裏了，你想沒想過自己最想做的事情是什麼？或者要完成什麼心願啊？」

莫克愣了一下，一時之間竟想不出有什麼是特別要去做的事，就笑了笑說：「我還真是被你問住了呢。」

方晶說：「沒關係，你想不出來可以慢慢想，反正錢在我們手中，有大把的時間可以去想。對了，要不要拿出點錢給你女兒啊？上次朱欣不是說小筠上貴族學校需要錢用嗎？」

莫克馬上否決了，說：「不行，給小筠，朱欣就會知道了，那個女人知道後，肯定會找上門來糾纏我的。再說，小筠上貴族學校，已經超出我的收入承受能力了，如果再讓她在學校大把的花錢，那太顯眼了，人們肯定會懷疑我受賄的。」

方晶看看時間差不多可以結束跟莫克的談話了，就說：「那你慢慢想怎麼花這筆錢吧，我要掛了。」

莫克卻意猶未盡，捨不得的說：「方晶，不要這麼快就掛電話嘛，你再跟我說會兒話，我的心到現在都還很興奮，平靜不下來。」

方晶笑說：「誰一下子有了這麼多錢，都會平靜不下來的。」

莫克說：「方晶啊，你說我們將來拿著這筆錢一起去澳洲生活會怎麼樣呢？」

方晶心說你想得倒美，可惜我卻沒有想要跟你一起用這筆錢的意思。

方晶便說：「你這個想法很好啊，不過這筆錢拿到澳洲去花可就沒多少了，以澳洲的消費水準，這些錢在那邊可就不是那麼寬裕了。」

莫克說：「可是在國內，這筆錢我們也不敢花啊！」

方晶笑說：「切，你這傢伙，是不是早就算計著我是澳洲人，將來可以跟我移民澳洲啊？你這算盤打得可夠精明的。」

莫克說：「這麼多錢，總要找一個能放心花用的地方吧？怎麼，你不想讓我跟你一起去澳洲？」

方晶說：「怎麼不想？我當然希望我們能夠在一起生活啦，將來再生一個孩子，一家三口，多好啊。不過，為了將來能夠在澳洲過得更好，你還需要更努力一些啊。」

聽了方晶對未來的規劃，莫克更加飄飄然起來了，他激動地說：「方晶，你放心吧，我一定會努力爲我們創造出美好的未來的。」

方晶笑說：「我們一起努力吧，好了，不跟你聊了，有人敲門，可能是有事找我處理了。」

莫克說：「行，那就聊到這裏吧。」

方晶掛了電話，莫克興奮的心情還是沒有平抑下來，他站了起來，望向遠方，他的思緒已經飛到了遙遠的澳洲，眼前彷彿浮現出一副溫馨的家庭畫面，他和方晶住在一棟豪宅裏，坐在一起喝下午茶，他們的兒子在一旁玩耍著。

莫克的嘴角不覺泛起了一絲幸福的微笑。這是他來海川做市委書記以來，感覺最幸福最溫馨的一刻。

但是幸福的時刻總是那麼短，省委突然打電話來，說呂紀要聽取這次雲泰公路招標的彙報，莫克就匆忙跑去齊州。

這次呂紀一改以往的嚴肅作風，顯得很放鬆，語氣也很隨和親切，大力稱讚莫克說：「莫克同志，這次的招標工作你做得很好嘛，還引進了中字頭的大公司參與項目，不但讓項目的品質有了保障，而且還向社會證明了這次的招標是公正公平公開的。」

莫克趕忙謙虛地說：「呂書記您誇獎了，其實我也沒做什麼，只不過適逢其會罷了。

恰好中鐵五局一家公司來參與競標，我對這家公司進行了詳細的評鑒，認爲他們很適合雲泰公路的工程建設，所以就把項目的一些標段給了他們。」

呂紀點點頭說：「你做的很好，這可不是簡單的適逢其會的問題，而是你用心是否公正的問題。這些年來，社會上邪風很盛，沒有提成，不行賄，連中字頭的公司也拿不到工程。你們破除了這股歪風，向世人展現了清新廉潔的作風，很好，很值得其他縣市學習。」

呂紀又把莫克讓到沙發上坐下，笑著說：「說實話，你第一次主政一方，閱歷和經驗都還很欠缺，當初挑中你來挑這副擔子，我是很擔心的。就像這次雲泰公路的招標，一開始我還擔心你掌控不住局面，會搞一些亂七八糟的公司過來，但是整個程序走下來，我擔心的情況都沒有發生，你完全超出了我的期望。證明我選你出任海川市市委書記，沒有看錯人。」

莫克聽了笑說：「呂書記，不光您擔心，我自己也很擔心，要怎麼開展工作，心中一點底都沒有，完全是要摸著石頭過河，尤其前段時間犯了不少錯誤，惹您生了不少的氣。」

呂紀說：「誰都不是生下來都會做市委書記的，都要摸索出自己的一條路來。實話跟你說，我這個省委書記現在也還是在摸索著做呢，不過，有些事情不需要過於匆忙，可以邊幹邊看，看準了再行動。」

話說到這裏，莫克大致明白呂紀叫他來的原因了。莫克這一次把該照顧的勢力都照顧到了，平衡了各方面的要求，讓呂紀可以對各方面都交代的過去，算是一個很聰明的做法。

莫克沒有猜錯，呂紀確實是這麼想的。大餅就那麼大，如果分配得讓人不滿意，讓人吃了虧，自然就會有人跳出來批評責罵。

然而都平均分配，不分親疏，卻不是最好的辦法。那樣又會讓那些本來親近你、支持你的人失望。因爲他們親近和支持你，還不是希望你在分大餅的時候能夠多分一點給他們啊？所以均分的結果只會眾叛親離，一個好的領導者是不會這麼做的。

聰明的權力者，會按照不同的期望值，給予適度的好處，滿足他們心裏對你的期望值。至於你是超出還是低於他的期望值，就要看你想要對他表達一種什麼態度了。如果想籠絡他們，就要分給他們超出期望值的大餅；反之亦然，如果想打擊他們，可以分給他們低於期望值的大餅。但是千萬不要一點都不分，那樣會激怒他們，搞得彼此勢不兩立。

這次莫克就做的很好，讓中字頭公司拿大頭，可以堵住反對者的悠悠之口。即使有些人沒有達到期望值，但也沒有空手而歸，因此不至於到跟莫克勢不兩立的程度。

呂紀繼續說道：「有些時候，你不要覺得中規中矩不好，要做一個好的官員，有時候還就需要中規中矩，我記得一位政壇前輩說過一句話，他說官要做好，其實很簡單，就老老實實做好本分，不要作怪就好了。這話我今天說給你聽，希望你能記住，把它作為你行事的一個準則。」

莫克立即說道：「呂書記，您放心，我一定會把這句話作為座右銘銘刻在心，老老實實做好自己的本分，不作怪的。」

呂紀笑說：「莫克同志，你能這麼想我很高興，現在海川在你的領導下已經有了新氣象，這是一個好的開端，堅持下去，我想海川會有更好的發展的。」

呂紀這麼說，是在向莫克表示，只要莫克能夠這樣堅持下去，前途絕對是光明的。莫克沒想到一個雲泰公路居然給他帶來這麼多的好處，不但撈到了錢，又擁有方晶這個美人，還挽回了呂紀對他的信任，一石三鳥，心中別提有多高興了。

莫克興奮地說：「謝謝呂書記，我一定不會辜負您的期望的。」

呂紀說：「那我就等著看啦。」

海川，市政府，金達辦公室。

金達站在窗前望向外面，他的心情有些鬱悶。

外界輿論都對莫克這次的招標工作給予了很高的評價，甚至有人說這是海川市這幾年來招標唯一公正的一次。還有消息說，省委書記呂紀公開稱讚莫克這次做得很好。

金達覺得十分諷刺，莫克明明透過方晶的諮詢公司在競標中大做手腳，大賺其錢，卻沒有人看到這一點。上上下下對莫克是一片讚譽，倒好像莫克真是公正透明的一樣。

然而，金達也不敢將莫克不乾淨的情況跟呂紀彙報。他不相信呂紀對莫克在海川的所做所爲會不清楚，莫克那麼高調的宣示他跟方晶的曖昧，這些呂紀會一點都沒察覺？呂紀只是爲了證明他當初任用莫克沒有錯，就裝作不知道，還大力維護這個錯誤，讓這個錯誤能夠延續下去。

金達覺得自己陷入了一種進退兩難的境地，如果他要跟莫克對抗，就會面臨呂紀對他的壓力；可是如果不去跟莫克對抗，他仕途的黃金時期可能就要在莫克的壓制下虛度了。

他看到他一味的忍讓莫克的惡劣後果已經開始在海川政壇顯現了，現在人們都認爲他軟弱，被莫克欺負了也不敢反抗。一些政壇上的精明人士開始慢慢疏遠他，而改向莫克靠近。莫克順利完成雲泰公路的招標工作，向莫克靠近的趨勢更加明顯。

金達心想，不能再這樣下去了，如果他放任事情就這麼發展下去，長此以往，就算莫克不來對付他，他的勢力也會自動分崩瓦解的。

這一刻，金達更加想念郭奎主政東海的時期了。

第五章

違法操作

湯言説：「方晶，你是真不懂還是裝不懂啊？你以為把籌碼轉讓給蒼河證券是跟正常做生意一樣，簽個合同，打個收條，然後銀貨兩訖嗎？這本來就是違法操作你知不知道？既然是違規的，當然不會留下什麼證據了。」

北京，鼎福俱樂部，湯言的包廂裏。

湯言正在喝酒，方晶推門進來，對湯言說：

「湯少，真是稀罕啊，今天怎麼肯賞光了？」

因爲約定了三個月之內互不打攪，自那之後，湯言就很少來俱樂部了。

湯言說：「老闆娘，你不用這麼冷嘲熱諷的，三個月的約定期限到了，我是來還你錢的。」

方晶笑說：「湯少還真是有信用，說到做到啊。其實也沒那麼急了。」

湯言說：「跟你老闆娘做事我哪敢不急，你沒看你上次那個樣子，差一點都要把我和傅華給吃了。」

方晶不好意思地說：「上次我是有點失禮了，你也知道我一個女人，沒見過大場面，突然出現那麼大的變故，就有點受不住。你湯少大人大量，不會跟我介意的吧？」

湯言笑了笑說：「我介意什麼啊，我又不是挨打的那個。」

方晶臉紅了一下，說：「我是有點對不起傅華，回頭我跟他道歉就是了。」

湯言揮了揮手說：「你道不道歉是你和他的事，與我無關。支票你收下吧，這是你投入的資金還有這次你應該分得的紅利。」

「這麼好，還有紅利可拿啊？」方晶笑著把支票接了過來。

湯言冷笑一聲，說：「老闆娘，你就別裝了，最近海川重機股價漲得這麼高，如果我不分給你紅利，你還不跟我拼命啊？」

說話間，方晶掃了眼支票上的數字，不由得愣了一下，這個數字低於她的預期很多，就忍不住說：「湯少，這個數字不對吧？」

湯言詫異地說：「怎麼了？」

方晶質疑說：「怎麼這麼少啊，你拿了我的資金這麼長時間，怎麼連百分之十都沒賺到啊？」

湯言說：「你這可不要怪我，要怪就怪你自己。」

方晶反問說：「是你在操作，怎麼怪到我身上來了？」

湯言說：「是我在操作不假，但是你的干預太多，一會兒擔心這個，一會兒擔心那個的，還逼著我在三個月之內把資金還給你，沒辦法，我只能調整操作策略，玩短線，好把你的資金給拿回來了。」

方晶聽了說：「那也不對啊，就這三個月的時間，我看海川重機的股價翻了好幾番，你的紅利可是連百分之十都不到啊。」

湯言笑說：「股價翻了幾番是不假，但是這錢可不都是我們這一方在賺的，實話跟你說吧，為了完成對你那三個月的承諾，我不得不跟蒼河證券妥協，雙方合作炒作海川重機。其中一個條件，就是將手頭的低價籌碼轉讓給蒼河證券，等於炒作的獲利有一部分是被蒼河證券拿走了，所以剩下的就不多了。」

方晶懷疑地說：「你轉讓一部分籌碼給蒼河證券，有證據嗎？」

湯言愣了一下，有點惱火的說：「老闆娘，你別太過分啊，難道我湯言會騙你嗎？」

方晶冷笑了一聲，說：「湯少，你這話真是太好笑了，你不會騙我，你和傅華不是已經騙過我一次了嗎？」

湯言辯解說：「那不是騙你，而是擔心你承受不了那個消息的打擊。」

方晶反駁說：「那不是騙我是什麼，我能不能承受，你也要跟我說了實話之後才能知道啊。」

湯言不耐煩地說：「好了，我承認那件事是我不想被你煩才不告訴你的，但是我並沒有想騙你的意思。現在我不是把你的投資和賺取的利潤都給你了嗎？這就說明我沒有騙你的意思。」

方晶看了湯言一眼，笑說：「湯少，我怎麼覺得你是在轉移話題啊，說了半天，我要的轉讓證據你還是沒提出來啊，這你怎麼解釋啊？」

湯言苦笑說：「方晶，你是真不懂還是裝不懂啊？你以為把籌碼轉讓給蒼河證券是跟正常做生意一樣，簽個合同，打個收條，然後銀貨兩訖嗎？這本來就是違法操作你知不知道？既然是違規的，當然不會留下什麼證據了，難道留下證據等證監部門來抓啊？」

這個湯言倒是沒有在騙方晶，如果將籌碼採取大額交易的方式一下子交割給蒼河證券，不但會引起散戶們的關注，增加日後對海川重機股票操作的難度。還會讓監管部門注意上蒼河證券和湯言。

湯言和蒼河證券自然不會那麼傻。所以他們採用了螞蟻搬家的方式，通過小額的帳戶交易，將股票交給蒼河證券。

這些帳戶分散在全國各地的營業部，從公開資料上看，根本就看不出蒼河證券與湯言有什麼聯繫。湯言就是把這些交易記錄都拿給方晶看，方晶也不會相信這就是彼此交割的證據。

更何況這些帳戶涉及到雙方股票操作上的秘密，也不能拿出來給外人看。這些帳戶如果曝光，等於是蒼河證券和湯言所建立的操作團隊就整個暴露了，那他們的操作團隊也等於是被毀了。所以湯言無法拿證據給方晶看。

方晶始終無法相信湯言，就說：「反正你就是沒證據給我看就是了？」

湯言痛苦的抓了一下頭髮，說：「老闆娘，我真是受不了你，我會騙你這麼點小錢嗎？想不到跟女人合作這麼麻煩，早知道就不跟你合作了。反正我沒坑你一分錢，信不信由你，我也不想再跟你解釋了，你愛怎麼想就怎麼想吧。」

方晶覺得湯言有點近乎無賴，但轉念一想，她再責罵湯言、爭執下去又能如何？無論如何錢總是回來了，方晶就不想做這沒意義的事了。她強壓住心頭之火，笑了笑說：「別生氣嘛，湯少，我不過多嘴問了句罷了，有必要這樣子嗎？」

湯言抱怨說：「你那是多嘴問幾句嗎？根本就是不相信我。我湯言長這麼大，還沒受過這種鳥氣呢。」

湯言的話，越發勾起了方晶心頭的恨意，心說：等著吧，我方晶要是不好好報復報復你們，你們就不知道我的厲害，也不知道天下的女人不是那麼好欺負的。

想到這裏，方晶更決定要報復湯言和傅華了，她笑了笑說：

「湯少，你這人也真是的，跟我一個女人這麼計較幹什麼，有句話不是說嘛，大人不計小人過，宰相肚裏能撐船，你就當我前面的話都沒說過，原諒我吧。來，我陪你喝一杯啊。」

說著，方晶就去吧台拿出一個杯子，然後倒上酒，說：「這杯我先乾，就當賠罪了。」

方晶就把杯中酒給乾了。

湯言看方晶已經敬酒賠罪了，也不好再不依不饒，再說整件事他也有做得不對的地方，於是態度緩和了下來，笑了笑說：「看來我不喝這杯酒，倒顯得我小氣了。」說著，也把杯中酒給乾掉了。

酒一喝下去，屋內的氣氛就緩和了很多，湯言說：「老闆娘，我聽到風聲說，你這家俱樂部要轉讓啊？」

方晶開玩笑說：「你湯少都不來照顧生意了，我支撐不下去了嘛。」

湯言說：「別開這種玩笑了，又不是少了我，天下就不轉了。其實我挺喜歡這裏的氛圍的，何況你不經營得挺好的，怎麼不做下去了呢？」

方晶嘆了口氣說：「是我感覺有點太累了。實話說，我一個女人要撐這麼大的場面，本來就有些勉強，加上最近事情不順利，我的心就有點懶了。想想我手頭上的錢也不算少了，省著點花，這輩子也夠啦，何必這麼累自己呢？」

湯言笑說：「多少人這輩子都沒見過這麼多錢啊，那下一步你做什麼打算啊？回澳洲嗎？」

方晶笑笑說：「我還沒認真想過，澳洲那個地方地廣人稀，冷清了點，不如北京熱鬧，回不回去我還在猶豫。」

湯言看了方晶一眼，意有所指的說：「老闆娘，你在猶豫，是因爲這邊有放不下的人吧？」

方晶嗤了聲說：「湯少，別瞎說，我會放不下誰啊？」

湯言笑說：「放不下誰你心裏清楚，我可知道某些人雖然做錯了，倒還沒有到被賞巴掌的程度，你之所以那麼恨他，是覺得他辜負了你的情意吧？」

方晶瞅了湯言一眼，半晌才說：「湯少，人還是不要這麼聰明的好。」

湯言哈哈笑了起來，說：「不是我太聰明，而是你們太著痕跡了。回想那個場面，一個咬牙切齒，揮手就打；一個滿臉愧疚，打了也不還手。這種情形只有怨偶之間才會出現的。」

方晶苦笑了一下，說：「湯少，我承認你法眼如炬，行了吧？別說這些了，沒意思。」

湯言說：「確實是沒意思，你喜歡上的那個人是個古板的人，他們夫妻感情相當好，自然他就不會回應你的感情了。你退出其實也是很理智的。」

方晶心裏卻有點好笑，原來你以爲我想轉手俱樂部，是因爲被傅華傷透了心，哼，這些臭男人就是這麼自大，你以爲女人除了圍著男人轉，就沒別的事情可做啦？他們夫妻感情好？等著吧，等我這一局玩下來，我倒要看看他們夫妻感情好到什麼程度。

方晶笑了笑說：「好了好了，湯少，你越扯越離譜了。別說這些好嗎？我現在關心的是誰要我的俱樂部，怎麼樣，湯少，既然你喜歡這裏的氛圍，有沒有接手的意思？」

湯言笑說：「這個我可不行，你看我的脾氣，還不三天兩頭跟客人吵架啊？估計到我手裏，不出半個月就關門了。」

方晶笑了起來，說：「這倒是，你的少爺脾氣還真是不適合做娛樂業。算啦，我就不打你的主意了。誒，湯少，趁我還是這裏的老闆，我們搞個聚會慶祝一下吧。」

湯言饒有趣味地說：「慶祝什麼啊，總要有個題目吧？」

方晶說：「就慶祝我們這次炒作海川重機股票順利吧，你幫我把傅華也叫上。上次我打了他一巴掌，心裏挺不安的，把他叫來，我當面跟他賠罪。反正我也要離開這裏了，就一筆了了過往的恩怨吧。」

湯言看了方晶一眼，心裏感覺方晶有些異樣，就開玩笑說：「一了恩怨?!老闆娘，我怎麼覺得你的氣勢有點像江湖老大的口吻啊。」

方晶笑說：「別扯了，我算什麼江湖老大啊。你到底贊不贊同我的提議啊？」

湯言說：「贊同，怎麼不贊同，我也有段時間沒來鼎福了，正想找個題目來好好玩一下呢。」

方晶說：「那就這樣決定吧。到時候多叫幾個人來，把鄭董和你妹妹小曼也叫來，大家熱鬧一下。訂好時間通知我啊。好了，不打攪你玩了，我走了。」

方晶就離開湯言的包廂，回到自己的辦公室。

她把湯言開給她的支票拿在手裏看了一會兒，撥通了呂鑫的電話。

方晶說：「你還記得我上次跟你說過的事嗎？」

呂鑫笑說：「我記得，怎麼，你現在想要辦了嗎？」

方晶說：「是的，我手頭現在有一部分資金想要先轉出去，你看最近方便嗎？」

呂鑫回說：「方便啊，多少？」

方晶說了數字，呂鑫說：「沒問題。誒，你說這是一部分，什麼意思啊？」

方晶說：「我想將俱樂部轉手出去，索性走個乾脆徹底，可是俱樂部現在還沒找到買家。」

呂鑫詫異地說：「鼎福你也不想做了？」

方晶說：「是啊，經營得太累了，想轉手出去賺個輕鬆。」

呂鑫笑了笑說：「這個我倒是可以幫你。」

方晶愣了一下，說：「呂先生想接手俱樂部？」

呂鑫笑說：「不是，是我一個朋友，最近他跟我提過他想進軍內地的娛樂業，你的俱樂部我很清楚，設施環境在北京都是一流的，我想他應該會有興趣，你說個價格給我，回頭我幫你問問他。」

方晶高興地說：「那真是太好了。謝謝你了呂先生，你真是我的貴人。」

呂鑫說：「不需要這麼客氣，如果價錢合適的話，回頭我就讓他去看看，跟你把合同簽了。至於錢嘛，就直接匯到你澳洲的帳戶，省得還要轉手一次了。」

方晶十分滿意地說：「行，就聽呂先生的安排。」

方晶就把想賣的價位跟呂鑫說，呂鑫讓她等消息，就掛了電話。

掛上電話，方晶有點悵然的看了看四周，想不到俱樂部出手的事竟然讓呂鑫順手就解決了，她在北京也再沒什麼牽掛了，看來連老天爺也想讓她離開。

這一刻，方晶心中充滿了不捨，但人生總是要放棄一些人和東西，她必須有所捨棄，才能走向新的生活。

這時，在包廂裏的湯言撥通了傅華的電話，傅華接通了，有點抱怨地說：「湯少，有什麼事不能明天再說啊？」

湯言笑說：「怎麼，打攪你啦？」

傅華說：「孩子鬧了一晚上，小莉累得要死，剛睡著，差一點就被你吵醒了。」

湯言取笑說：「你還真是疼老婆啊。」

傅華催促說：「行了，有什麼事就快說吧。」

湯言說：「我是想告訴你，方晶的錢我已經還給她了，這件事我算是幫你了結了。」

傅華笑說：「什麼幫我了結了，明明是你的事好嗎？」

湯言說：「好好，是我的事，反正是了結了。現在我們準備在俱樂部辦個聚會，慶祝一下海川重機這個案子順利結束。到時候你也來參加吧。」

傅華遲疑了一下，說：「我去幹什麼，我又不是你們的合作夥伴，你們自己搞就行了，不需要拉上我。」

湯言笑笑說：「你是我們跟海川市政府之間的聯絡人啊，這件事你也有份參加的。再說，可是有人點名要你來的。」

傅華訝異地說：「誰啊，不會是小曼那個瘋丫頭吧？你告訴她，我要在家照顧鄭莉和孩子，走不開。」

湯言回說：「不是小曼，是你更牽掛的方晶。」

傅華斥責說：「別瞎說了，我什麼時候更牽掛她了！她點名要我去幹什麼？不會是又想給我一巴掌吧？我不去。」

湯言聽了，說：「當然不是啦，哎呀，你怎麼還記仇啊？一個大男人別那麼小氣，那種情形下，別說一個女人了，就是男人猛地聽到五千萬可能不保了，也會忍不住賞人耳光的。她點你的名，是想給你道歉的，你就給人家一個機會吧。」

傅華愣了一下，說：「道歉？她真有這麼說嗎？」

湯言笑說：「當然啦，她不這麼說，我還能編出這樣的話嗎？你什麼時候有空，說個時間出來，你是主角，我們都配合你。」

傅華不禁說道：「什麼主角啊，我真的不想去，你幫我跟方晶說一聲，就說沒必要道什麼歉了，我根本就沒生她的氣。」

湯言勸說：「這話你最好自己跟她說，你不來，她肯定以為你還在介意這件事。來吧，別這麼小氣，鄭莉那邊你如果不好請假，我來跟她說。」

傅華想了想說：「那倒不用。我最近晚上都沒應酬，你訂好時間通知我一聲，我去就是了。」

湯言滿意地說：「這就對了嘛。我看你這段時間都在家裏照顧老婆孩子，也悶壞了吧，正好趁機放放假，出來好好玩一下。」

傅華笑說：「我看是你想好好玩一下才對吧，你也好長時間沒去鼎福了吧？」

傅華知道湯言是個愛面子的人，方晶的事沒處理好，湯言一定不會出現在鼎福俱樂部的。

湯言說：「這倒是實話，我真是好久沒去了。這次一定要好好玩一下，否則以後就沒機會了。」

傅華詫異地說：「你這話我有點聽不懂，沒機會是什麼意思啊，難道說方晶不准你去玩了嗎？」

湯言說：「那倒不是，是方晶準備將俱樂部出手。你知道我這個人很戀舊，適應某種氣氛之後，再改變的話會很不習慣。」

傅華再次愣住了，他沒想到方晶竟然要將俱樂部轉讓出去，是什麼原因導致方晶突然這麼做呢？

現在湯言已經將她的投資款還給她了，她手頭最少有幾千萬的流動資金，因此方晶絕不會是因爲資金困難而將俱樂部出手的。既然不是因爲資金的問題，那她這麼做就很耐人尋味了。

傅華隱隱覺得方晶這麼做，是與雲泰公路的招標有關。劉善偉在得標後，肯定會支付給方晶的公司一筆巨額諮詢費，在這個敏感的時間點上，方晶出清她的資產，究竟是在打什麼主意呢？

傅華便問說：「方晶的俱樂部不是經營得好好的，爲什麼要出手啊，你知道原因嗎？」

「女人的心思我怎麼猜得透啊，她自己的說法是做得太累，不想做了。但我覺得沒這麼簡單，我聽到的消息是說，她急於出手，甚至不惜降價以求。也許是你不想搭理她，傷了人家的心了。」湯言打趣說。

傅華說：「別開這種玩笑了，我跟她又沒什麼。好啦，不跟你說了，決定好時間通知我就是了。我掛啦。」

傅華掛了電話，輕手輕腳回到臥室。躺下來後，卻睡不著了，心裏琢磨起方晶要出手俱樂部的事。

方晶在他面前一直表現出很討厭莫克的樣子，現在卻和莫克合作搞了那個路橋諮詢公司，還跑去海川跟莫克見面，表示兩人的關係有了很大的突破，很可能是那種男女關係了。

傅華不相信方晶會突然對莫克產生極大的好感，她跟莫克在一起，肯定是為了在雲泰公路項目上撈取利益。為此，傅華一度還有些不齒方晶的為人，認為她為了攫取利益竟然不惜出賣肉體。

但是現在看來，事情似乎並不這麼簡單，方晶的行徑表明她是另有所圖。是不是她想要捲款潛逃啊？

如果他沒猜錯的話，莫克和方晶聯手從雲泰公路項目上所撈取的利益，此刻應該都在方晶的手上。方晶此刻將俱樂部出手，那她就可以馬上走人回澳洲，過她悠哉的生活了。那樣的話，莫克就要倒楣了。不知道到時候莫克會是怎樣的一種心情啊？

第二天上午，傅華正在辦公室辦公，有人敲門走了進來。傅華抬頭一看，就見談紅一臉惶急的站在面前。

傅華詫異地說：「談紅，你怎麼來了，你的臉色很差，是不是出了什麼事了？」

談紅看了看傅華，說：「傅華，你這裏說話方便嗎？」

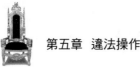

傅華點點頭說：「方便啊，怎麼了？」

談紅有些緊張地說：「完了，傅華，我這下可真要完蛋了。」

傅華看談紅的表情似乎問題很嚴重，趕忙過去扶住談紅的肩膀，說：「你先別急，什麼事坐下來說。」

談紅神經質的拉著傅華說：「傅華，這次你一定要幫我，你如果不幫我，我就真的完蛋了。」

傅華趕忙安撫她說：「好好，我一定幫你，但是你是不是先冷靜下來，跟我說究竟出了什麼事啊？」

談紅有些質疑地說：「你真的願意幫我？」

傅華說：「當然了，我們是朋友嘛，能幫忙的我當然會幫了。你先坐下來，跟我說出了什麼事情吧。」

談紅這才心神稍定，在沙發上坐了下來，然後對傅華說：「傅華，我被證監會稽查大隊盯上了，他們要查我。」

傅華心裏咯登一下，馬上就猜到問題出在哪裡了，便說：「談紅，他們爲什麼要查你啊，不會是因爲你炒作海川證券股票吧？」

談紅臉紅了一下，不好意思的說：「被你說中了，真是炒作海川重機股票的事。我看蒼河證券和湯言打得不可開交，就開了幾個帳戶，跟著做了幾個波段，想賺一點小錢。就是為了賺這點小錢，卻被證監會稽查大隊給盯上了。」

傅華搖搖頭說：「談紅，你叫我說你什麼好呢，蒼河證券和湯言的事你也敢攪和？他們是什麼背景你又不是不知道，你能跟他們比啊？跟他們比，你連蝦米都算不上。」

談紅苦笑說：「我現在知道錯了，傅華，你幫幫我吧，我不想去坐牢啊！」

傅華呆住了，說：「有到坐牢這麼嚴重？談紅，你究竟做了什麼啊？」

談紅央求說：「傅華，你先別問這麼多了，你先幫我問一下湯言，看看他能不能幫我擺平稽查大隊的麻煩。求求你了。」

傅華看談紅可憐的樣子，不忍心拒絕，便說：「我幫你問問，不過，你也知道湯言的脾氣，我怕他不一定會願意幫你的。」

談紅苦著臉說：「你先別管行不行，先幫我問問再說。」

傅華就撥了湯言的電話，湯言接通了，說：「這麼關心聚會的時間啊，是不是急著見方晶啊？」

傅華說：「湯少，我現在沒心情跟你開玩笑，我找你是有別的事。」

湯言有些訝異地說：「這麼嚴肅，什麼事這麼嚴重啊？」

傅華說：「這次海川重機被停牌，你是不是跟證監會稽查大隊那邊做過溝通啊？」

湯言聽了，說：「當然啦，不做溝通，我會沒事嗎？傅華，我知道你問這個是什麼意思，這件事我勸你不要管，你也管不了。」

傅華意外地說：「湯少，你知道我要跟你說什麼嗎？」

湯言說：「我知道，頂峰證券的事嘛，我告訴你，你的朋友這次玩得有點過頭了，一個證券公司的業務經理竟然玩老鼠倉，這在這行當中是被深惡痛絕的，根本就沒有職業道德，你幫她幹嘛啊？」

老鼠倉？傅華捂住話筒，抬頭看了一眼談紅，問道：「談紅，你竟然在玩老鼠倉？」

難怪傅華驚訝，老鼠倉是被證券業深惡痛絕的一種行爲，是指操作者在用公有資金拉升股價之前，先用個人人頭戶的資金在低位建倉，待公有資金拉升到高位後，個人倉先賣出獲利，因此最後虧損的是公家資金。

說穿了，老鼠倉就是財富轉移的方式，劵商中某些人將公家資金化爲私人資金，本質上與貪污、盜竊沒有區別。這種違法的行爲，嚴重違背了職業經理人的誠信原則，也涉嫌犯罪；傅華原以爲談紅只是開個帳戶跟著小玩而已，沒想到談紅竟然玩得這麼大！

談紅這麼做，不僅僅是證監會稽查大隊會盯上她，頂峰證券也不會放過她的。

面對傅華的質問，談紅低下了頭，說：「我只是想賺點快錢罷了。你先別跟我說這些了，你先幫我求求湯言，花點錢無所謂，只求讓他幫我疏通一下，不要稽查大隊來追究我的責任，我可不想坐牢。」

傅華雖然心中有氣，但也不忍看著談紅被抓進去，就對湯言說：「湯少，雖然談紅的行爲很不對，但她總是我的朋友，我不能眼看著她倒楣也不伸手拉一把吧，你到底有沒有辦法啊，如果你能伸出援手，幫她度過這個難關，我會很感激的。」

湯言說：「傅華，你這是在求我啊？爲了一個沒有原則的人，值得嗎？」

傅華說：「湯少，一個人總有犯錯的時候，也許談紅是有點貪婪，但是她的爲人還是不錯的，能幫她的話，你還是幫她一下吧。」

湯言笑了起來，說：「傅華，我有點明白這些女人爲什麼都那麼喜歡你了，你這個人，骨子裏是個濫情的人，不論什麼樣的女人你都對她們很好，卻不想從她們那裏得到什麼回報。」

傅華笑說：「湯少，這時候我沒有心情跟你扯這些，你還是趕緊告訴我你能不能幫忙吧。」

湯言說：「這個我需要問一下，你等一下，我問過了再回你電話。」

傅華說：「好，我等你電話。」

湯言就掛了電話。傅華對談紅說：「等著吧，湯言找人去問了。」

談紅羞愧的看了傅華一眼，說：「傅華，你是不是很看不起我啊？」

傅華搖搖頭說：「談紅，你想賺快錢無所謂，但是也不能這麼沒原則啊，錢對你就這麼重要嗎？現在你做的事情被人發現了，以後你還怎麼待在證券業啊？」

談紅被說得滿臉通紅，一句話也說不出來，眼睛裏含著淚，差點就要哭出來了。傅華看談紅這個樣子，也不好再說什麼。兩人就悶坐著等湯言的電話。

過了將近一個小時，傅華的手機終於響了起來，傅華趕忙接通了，說：「湯少，怎麼樣？」

湯言爲難地說：「傅華，雖然我很想幫你這個忙，但是問題似乎沒那麼簡單。」

傅華急急問道：「這話什麼意思啊，什麼叫問題不是那麼簡單？不就是一個老鼠倉的問題嗎？還能怎麼複雜了？」

湯言說：「你先別急，聽我說。現在麻煩的不是事情本身，而是很多因素都湊在一起，你也知道前段時間因爲蒼河證券和我的爭鬥，海川重機被強制停牌了。」

傅華不解地說：「我知道啊，可是這件事與談紅有什麼關係啊？」

湯言說：「表面上看沒什麼關係，實際上卻不然。這次海川重機停牌鬧的動靜很大，稽查大隊如果不查出點什麼，就有點不好交代。可是他們又不敢把主意打在蒼河證券和我身上，你朋友的事在這時候曝光，正好被當成箭靶，他們當然不想放過了。」

傅華愣了一下，說：「這算什麼啊？他們不敢打老虎，就拿談紅搪塞責任？」

湯言說：「這有什麼好大驚小怪的，古往今來，官場上不都是這樣子的嗎？你朋友倒楣就倒楣在這裏，誰叫她正好撞上了呢。關鍵是問題還不僅僅如此，現在不光稽查大隊不想放過你朋友，頂峰證券也要追究你朋友的責任，所以搞得稽查大隊就是想放過你朋友也不行了。」

傅華一聽，眉頭皺了起來，說：「這麼麻煩啊！湯少，能不能儘量幫忙減低一些對談紅的處分啊？」

湯言回說：「不太好辦，頂峰證券那邊如果搞不定的話，沒有人敢就這麼放過你朋友。但是我跟頂峰證券老總不是很熟，沒辦法幫你協調。」

傅華想了想說：「那如果我協調好了頂峰證券，你能幫我減低談紅的處分嗎？」

湯言不禁說道：「你還真是盡心盡力啊，行，你如果能搞定頂峰證券，我不敢說你朋友一點事都沒有，但是起碼可以保證不會讓她坐牢就是了。」

傅華說：「那行，我找找關係看看。」

湯言掛了電話，傅華看了看一旁的談紅，說：「你都聽到了，現在的關鍵在頂峰證券身上，你有辦法跟你們公司溝通好這件事嗎？」

談紅苦笑著搖搖頭說：「這個恐怕很難，現在公司恨死我了，不會放過我的。你知道我這次為什麼會做這件事？都是因為原本潘總在的時候，答應了我很多條件，潘總死了後，公司領導班子一換，就不肯再兌現潘總的承諾了，我找公司領導鬧了幾次都沒用，我氣不過，才出此下策的。」

傅華忍不住責備說：「你真是糊塗，氣不過你就可以這麼胡作非爲啊？」

談紅嘆說：「那怎麼辦啊？現在公司恨不得看著我去坐牢，根本就不會幫我求情的。這樣我豈不是死路一條？傅華，你趕緊幫我想想辦法啊。」

看談紅這個樣子，傅華心中也很著急，一時之間卻想不出有什麼人能幫談紅這個忙。只好苦笑說：「談紅，我只是個小小的駐京辦主任，也沒什麼權力能壓服你們公司，我有什麼辦法可想啊？」

說著，傅華突然想到了賈昊，賈昊原本跟頂峰證券關係很好，應該認識頂峰的高層，就說：「要不找找我師兄吧，也許他跟你們公司高層之間有交情。」

談紅像撈到一根救命稻草一樣連連點頭，說：「是啊，你師兄跟我們公司的高層關係一直不錯，你趕緊幫我問問他吧。」

傅華就撥通了賈昊的電話，賈昊說：「傅華，找我什麼事啊？」

傅華說：「師兄啊，你跟頂峰證券的高層關係怎麼樣啊？」

賈昊奇怪地說：「還不錯，怎麼了，你有事情要辦？」

傅華說：「不是我的事，你還記得頂峰證券的業務經理談紅嗎？她最近出了點事情，跟頂峰證券鬧得很僵，你能不能幫她跟頂峰證券那邊緩頰一下，讓頂峰放她一馬啊？」

賈昊沉吟了一下，說：「傅華，你跟這個談紅究竟是什麼關係啊？前段時間就有人說是你在背後幫這個談紅整了證監會的景處長，現在你又幫她出頭，你們該不是有那種關係吧？我可告訴你，鄭莉剛生孩子，你可不准在外面瞎勾搭別的女人啊。」

傅華笑說：「師兄，你誤會了，她只是我的一個好朋友，現在她出了事，我總不能見死不救吧？」

賈昊教訓說：「我誤會什麼啊，好多男女都是因爲這些事擦槍走火的，你自己可要有點數。」

傅華說：「師兄，真的不是你想的那樣，你趕緊幫我跟頂峰證券那邊打個招呼看看，談紅還在等著呢。」

賈昊這才說：「行，我馬上給你問，不過，你也別對我抱太大的希望，我已經離開證券業了，這些人給不給我面子，我心裏也沒底。」

傅華拜託說：「不管怎樣，師兄你總是能跟他們說上話的人，幫幫忙吧。」

賈昊說：「行，你等我電話吧。」

傅華便對談紅說：「等等吧，我師兄在跟對方聯繫了。不過我師兄說他也沒把握，他離開證券業很久了，人家買不買他的面子就很難說了。」

談紅的臉色越發灰暗，說：「唉，總之是我糊塗了，不該貪圖那幾十萬的蠅頭小利。早知道這樣子，還不如當初就回美國一走了之呢。」

傅華訝異地說：「你賺了幾十萬那麼多啊？你有沒有跟他們說把錢退給他們，兩不追究算了？」

談紅苦笑說：「怎麼沒說啊，爲了脫身，我把錢吐出去再給他們添點錢都肯的。其實這種事本來沒什麼大不了，證券公司很多高層都在這麼做，但是這個總經理因爲懷恨我幾次跟他鬧得不可開交，讓他在公司同事面前下不來台，好不容易逮到機會，自然不肯放過，非要整死我不可，我在他面前說盡好話他也不肯。」

傅華看了談紅一眼，說：「你怎麼惹上這麼一個傢伙了？」

談紅嘆說：「算我倒楣，從潘總死掉後，我就一直流年不利。」

這時，傅華的電話響了起來，他趕忙接通問道：「師兄，怎麼樣，對方怎麼說？」

賈昊嘆了口氣，說：「傅華，對不住啊，師兄我現在沒有影響力了，人家根本就不買我的帳，說談紅害公司虧了很多的錢，還讓公司在客戶面前顏面掃地，他們這次一定要嚴懲談紅，以儆效尤。」

傅華不死心地說：「師兄，你沒跟他們說，談紅這麼做是情有可原的嗎？要不是他們賴帳，談紅也不至於出此下策啊？」

賈昊說：「沒用的，我說了不少的好話了，頂峰證券的總經理態度很堅決，就是要嚴懲談紅。抱歉，傅華，這次我恐怕幫不了你了。」

傅華有點著急，賈昊撒手不管，這件事就沒有人能管了，就說：「他們想幹嘛，非要趕盡殺絕啊？」

賈昊說：「我看那個總經理似乎對談紅意見很大，還真是有趕盡殺絕的意思。」

傅華不平地說：「這也太欺負人了吧？他也不要太得意，逼到最後，大不了大家來個魚死網破好了。」

賈昊愣了一下，說：「傅華，你這麼說是什麼意思啊？」

傅華冷笑說：「還能是什麼意思啊？談紅這個業務經理從潘濤活著的時候就開始做了，也參與了公司不少核心業務的操作，頂峰證券如果非要把她逼上絕路的話，那她大可豁出去，到稽查大隊把頂峰證券這些年做的事情全盤托出，到時候看誰更麻煩？」

賈昊緊張起來了，說：「傅華，是不是談紅跟你說了什麼啊？她都說了什麼？有沒有說關於潘濤當初操作的內容？」

第六章

鑄成大錯

事已至此，傅華也無法改變什麼了，
只是不知道下一步方晶會怎麼對付他？會不會有更狠的招數在等著他呢？
此刻，傅華十分後悔，當初竟沒聽曉菲的勸告，離方晶人遠一點。
現在大錯鑄成，後悔也來不及了。

傅華本來是想嚇嚇頂峰證券的，沒想到賈昊竟然緊張起來，這才想到當初潘濤出事，也與賈昊有關聯。現在他打草，賈昊卻驚蛇了，顯然賈昊當初與潘濤合作的事，的確是存在一些問題的。

傅華倒沒有想要去追究賈昊的意思，他手中也沒有任何東西可以追究賈昊和頂峰證券的。他只是虛聲恫嚇，想嚇唬一下頂峰證券而已。但是他不能承認這一點，承認這點，談紅的事就徹底沒戲了。

傅華只好順著賈昊的話往下說，他說：「談紅沒說具體的事，只是剛才我跟她聊天的時候，她發狠地這麼說罷了。如果頂峰證券非要趕盡殺絕，估計她也只好把一切都豁出來了。」

賈昊趕忙阻止說：「你先勸談紅別這麼做，你剛才沒跟我說這個情況，我也就沒跟頂峰證券說，現在情形有了變化，你讓我把這個情況跟頂峰證券再探討一下，看看他們的態度會不會有變化。」

傅華說：「行，師兄，你就再跟頂峰證券好好說說，不就幾十萬塊嗎，對他們來說也不是什麼大的損失，沒必要非搞得大家都下不來台。」

賈昊說：「行，你讓談紅耐心的再等一下，我這就跟他們商量。」

賈昊掛了電話後，談紅看著傅華，說：「傅華，你這麼說什麼意思啊？我手裏哪有什麼證據可以威脅頂峰證券啊？難道你手裏有證據？」

傅華語帶玄機說：「你怎麼還沒轉過彎來啊？我不這麼說，頂峰證券能放過你嗎？何況頂峰證券也不一定相信我的話。你現在最好求神佛保佑，讓頂峰證券相信你手裏有對他們不利的證據，否則就等著去坐牢吧。」

談紅看傅華剛剛說得一副振振有詞的樣子，心想總算有了一線的生機，心多少放了下來，沒想到傅華根本就是在玩空城計，只是嚇唬對方，心再次懸了起來，嘆口氣，頭再次垂了下去。

傅華的心也是懸著的，他這是在兵行險招，能不能有用，他心中也沒底。現在就看頂峰證券願不願意跟談紅賭這一把了。

辦公室裏靜得可怕，傅華和談紅都沉默著，時間漫長的快令人發瘋。當手機響起時，兩人都被嚇了一大跳。

談紅先反應過來，催促說：「趕緊接啊。」

傅華接通了，急問：「師兄，怎麼樣？」

賈昊的聲音顯得很疲憊，說：「傅華，我費了好大的勁才做通工作，頂峰證券同意不追究談紅了，不過談紅的業務經理也無法再做下去了，頂峰證券請她自行辭職。」

聽到這裏，傅華總算鬆了口氣，看來他的虛聲恫嚇還是起了作用，便笑了笑說：「這個好說，謝謝師兄幫忙了。」

賈昊又說：「再有這種事就別來麻煩我了，還有啊，頂峰證券讓我轉告談紅，她在入職的時候可是簽了保密協定的，有責任保守公司的機密，頂峰證券希望她不要忘了這一點，如果日後她泄露了頂峰證券的機密，頂峰證券將會保留追究她責任的權利，包括這次的老鼠倉事件。」

傅華點頭說：「這點我會叮囑她的。」

賈昊最後又忍不住叮嚀說：「還有你，傅華，別跟這個女人糾纏不清了。一個證券公司的業務經理，什麼不好做，竟然搞什麼老鼠倉，這跟小偷有什麼差別？這樣的人，人品肯定好不到哪裡去。更何況出了事之後，還拿公司的機密來要脅，簡直是道德敗壞。」

傅華聽賈昊說得咬牙切齒，心裏明白自己提到潘濤，等於是揭了賈昊的瘡疤，賈昊肯定在擔心某些事會被端上臺面。

傅華便說：「我心中有數的，師兄。」

賈昊莫可奈何地說：「那你好自爲之吧。」

賈昊掛了電話，傅華還沒來得及跟談紅說些什麼呢，談紅在傅華的臉上狠狠地親了一下，激動地說：「傅華，你真是太棒了，這次你真是救了我了。」

傅華趕忙把她推開了，說：「事情解決了，你也不用激動成這個樣子啊。說實話，雖然我幫你這個忙，但是心裏卻不是很舒服。這件事你的確是做錯了，而且，恐怕你在這一行中已經再無立足之地了。」

談紅苦笑說：「我知道。這次事情結束後，我只能回美國謀生了。人生真是沒有意思，沒想到轉了一圈後，又回到原點，只是這一圈卻搞得我遍體鱗傷，備受打擊。」

傅華說：「你這種個性去美國也好，只是不要再違規了。你該慶幸現在是在中國，有些事還可以通過關係擺平，在美國的話，恐怕你這個牢是坐定了。」

談紅不禁說道：「這倒也是啊，雖然我們不滿意這種制度，卻也都在利用這種制度的漏洞來得到好處，真是可笑啊。哎，傅華，遺憾的是，我們以後就不能見面了。」

傅華笑說：「你可以常回來看看嘛，你去華爾街肯定賺很多錢，一點機票錢絕對出得起吧。」

談紅感慨地說：「傅華，你知道嗎，這幾天我最沮喪的時候，曾經想過，當初如果我更主動一些，我一定有機會爭取到你的，可惜我沒有這麼做。錯過你，我這輩子都不會再遇到像你這樣的男人了。我真是很失敗，事業感情都落空了。」

傅華趕忙安慰她說：「可別這麼誇我，美國的好男人多得是，你肯定會遇到一個更適合你的男人的。」

談紅聳了聳肩說：「希望吧。誒，傅華，需不需要跟湯言打聲招呼，說我們已經擺平頂峰證券了？」

傅華說：「正常的話，頂峰證券既然跟我們達成了協議，應該會主動找證監會把這件事情了結的，湯言自然也會知道才對。」

談紅擔心地說：「萬一頂峰證券沒有這麼做呢？」

傅華說：「應該不會的。你放心，明天我會打電話給湯言，問問稽查大隊那邊的情形的。」

談紅點點頭說：「既然這樣，那我先回去了。」

傅華說：「你現在要去哪裡？」

談紅說：「回頂峰證券，我也得把辭職的事辦一辦。」

傅華提醒她說：「你要小心些，記住，如果有人問起你有沒有掌握什麼證據，儘量含糊應對，別讓他們看穿了你的底牌。」

談紅說：「這你放心，我能應付那些人的。」說完，談紅看著傅華說：「傅華，我這次離開，可能很長時間都無法跟你見面了，我們擁抱一下，算是道別吧。」

傅華也有幾分蒼涼的感覺，就跟談紅抱了一下，沒想到談紅卻緊緊地抱住他，許久都沒有放開。傅華不好推開談紅，只好任憑談紅抱著他。

談紅在他的懷裏依偎了好半天才終於放開，不捨地說：「我曾經想過很多次在你懷裏會是什麼樣的感覺，今天終於真正抱到你了，也算是了了我的一個心願。再見了，傅華，希望日後你想起我來，多想想我的好處，忘掉我做的蠢事。」

這一刻，傅華心中也有幾分感傷，就說：「去了美國後，自己多保重吧。」

談紅點了點頭，轉身離開了。

傅華的心情沉重起來，從談紅的身上，傅華想到了自己，他雖然還在堅持自己的原則，沒有妥協。但是他越來越感覺到孤單，他周邊的朋友以及領導，所行所做很多都與他的原則相抵觸，他越來越孤立，不知道他的原則能撐到什麼時候。

回到家中，看到傅瑾正在鄭莉懷裏咯咯地笑著，他的迷惘很快就被拋到腦後去了，不管未來會變成什麼樣子，至少有鄭莉和傅瑾在他身邊，他就能愉快的面對。

傅華走到鄭莉身邊，笑說：「把小瑾給我吧，我抱一會兒。」

鄭莉把兒子遞給傅華，鼻子皺了一下，說：「誒，老公，你身上怎麼有女人的香水味啊？」

傅華笑說：「你鼻子還挺尖的，你老公我魅力無窮，今天被美女擁抱了，不可以嗎？」

「當然不可以！」鄭莉的臉色一下子難看起來，搥了傅華一下說：「我告訴你啊，尤其是在我這麼醜的時候，不許你去抱美女。」

傅華本來是跟鄭莉開玩笑的，沒想到鄭莉這麼認真，鄭莉自從生了孩子後，性情有了不少的變化，往往會為了一件小事，情緒有很大的起伏，因此趕忙陪笑著說：「小莉，你你怎麼會醜呢？女人做母親的時候是最美麗的。」

鄭莉哼了聲說：「去，別拿好聽的話來哄我了，誰不知道你們男人心裏在想什麼啊。你別錯開話題，你還沒交代是抱了誰呢？」

傅華笑說：「就是頂峰證券的談紅，她要回美國了，今天找我告別，臨走的時候，非要跟我抱一下不可。」

鄭莉臉又板了起來，說：「你別說得這麼委屈，好想很不情願似的，我看你心裏其實不知道有多想抱人家呢。你成天面對著我這個黃臉婆，不知道有多膩煩吧。」

傅華急說：「你別這樣啊，小莉，我真的是不得已的。」

鄭莉看傅華著急的表情，撲哧一聲笑說：「我跟你開玩笑的啦。誒，談紅做得好好的，怎麼突然要回美國了呢？」

傅華拍了拍胸口說：「真是被你嚇死了，什麼黃臉婆啊，你是我的漂亮老婆。」

鄭莉白了傅華一眼，說：「好啦，別拿肉麻當有趣了。趕緊說談紅為什麼要離開？」

傅華說：「她跟頂峰證券起了衝突，在公司無法存身，只好離開了。」

傅華不敢再多說其中的細節，以免鄭莉聽了又會胡思亂想。

鄭莉惋惜地說：「那真是可惜了，談紅是個很能幹的人，頂峰證券怎麼沒留住這樣的人才呢？」

傅華說：「很多公司都是裙帶關係盛行，談紅是死去的潘總請回來的，現在換了老總，自然是不受待見了。」

鄭莉附和說：「這倒是，中國人什麼東西都要講關係的。」

兩人正說話時，傅瑾哭了起來，夫妻倆的注意力就被傅瑾吸引過去了，談紅的話題也就被放下了。

第二天，傅華打電話給湯言，說談紅已經跟頂峰證券溝通好了，讓湯言跟稽查大隊的朋友溝通一下，看能不能不追究談紅了。

湯言說：「我問一下，你等我電話。」

過了十幾分鐘，湯言的電話打了回來，不禁佩服說：「傅華，你的工作做得不錯嘛，稽查大隊已經撤銷了這個案子，說頂峰證券主動找他們，說談紅並沒有做違規的事，是他們搞錯了。奇怪，你們做了什麼啊？竟然讓頂峰證券承認搞錯了？」

傅華含糊地說：「沒做什麼啊，也許真是頂峰證券搞錯了吧。」

湯言笑說：「你就裝吧。你不說我也懶得問了，就這樣吧。」

傅華感激地說：「謝謝你了，湯少。」

湯言說：「別客氣了。對了，聚會時間是明天晚上，到時候你可一定要來啊。」

湯言掛了電話，傅華打電話給談紅，告訴她稽查大隊撤案的消息，談紅鬆了口氣說：「那就好。」

傅華說：「你跟頂峰證券的事辦好了嗎？」

談紅說：「辦好了，他們巴不得我早點走呢。」

傅華聽了說：「辦好就好，我還擔心他們會找你麻煩呢。」

談紅說：「那倒是沒有。」

傅華說：「那再見了，談紅。」

談紅哽咽了一下，說：「希望還能再見了，傅華。」

第二天晚上，傅華應約來到鼎福俱樂部湯言的包廂，湯言、湯曼、鄭堅以及中天集團的林董、林姍姍都已經到了。

方晶穿著一身豔麗的黑色晚禮服出席，禮服的領口開得很低，白皙的雙峰間露出了深深的事業線，讓方晶顯得格外的性感。

方晶看到傅華進來，就端著酒杯迎了上去，把其中一杯遞給傅華，剛想跟傅華碰杯子時，一旁的湯言說話了：「誒，老闆娘，你先別急著進行你的節目，還是先進行我們的主題才對啊。」

方晶笑了笑說：「行，就聽湯少的。」

湯言就端起酒杯說：「海川重機的炒作已經結束，公司也交給林董接手，我們這次的合作到此算是圓滿成功，這與大家的共同努力分不開。我湯言很感謝你們。來，我敬各位一杯。」

大家便一起舉杯乾了。

緊接著，林董又感謝湯言這次的操作成功，讓他順利拿到海川重機這個殼，於是大家又喝了一杯。鄭堅和方晶也跟著湊熱鬧，敬了眾人一杯。

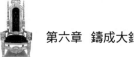

到這裏，傅華一連喝了四杯，雖然沒有醉，但已經有些酒意了。方晶再次端著酒杯走到傅華身邊，對傅華說：「傅華，我這杯酒你可一定要喝，我要向你道歉，那天我太衝動了，不該打你那一巴掌的，對不起啊。」

傅華說：「方晶，別這麼說，我也有不對的地方，是我不該不告訴你真相，你打我也是情有可原的。」

方晶說：「不是這樣的，你不告訴我，是你怕我擔心嘛。哎呀，不要跟我爭了，今天你一定要喝下這杯酒，不然的話，我就當你心裏還在記恨我了。」

這時，一旁的湯曼冷笑一聲說：「誒，老闆娘，你現在說的可真好聽啊，大概是我哥讓你賺到錢的緣故吧？不過，你還記得當時你那個樣子嗎？簡直就像要把傅哥和我哥一起吃了。」

方晶瞅了湯曼一眼，你這個臭丫頭瞎來攪合什麼啊，那天要不是你，我會打傅華一巴掌嗎？

方晶雖然生氣，嘴上卻笑笑說：「小曼，你這丫頭就是得理不饒人啊，我這不是知道錯了嗎？」

湯曼卻不放過地說：「知道錯了又怎麼樣？難道你打在傅哥臉上的那一巴掌能揭下來？還是你能讓傅哥還你一巴掌？」

傅華看方晶被說得有些下不來台，趕忙制止湯曼說：「小曼，不要這麼說，那天大家都有不對的地方，就不要去責怪誰了。這件事情就到此打住吧，大家喝杯酒就過去了，好嗎？」

湯曼氣哼哼地說：「就你會做好人，要喝你喝，我可不奉陪。」說著，就轉身走開了。

方晶看了傅華一眼，取笑說：「這小丫頭還真是心疼你啊。」

傅華說：「別瞎說，她就是個任性的孩子。好了，別說這些了。來，我們乾一杯，過去的事一筆勾銷，以後都不要再提了，行嗎？」

方晶跟傅華碰了碰杯，說：「好，大家一筆勾銷。」

兩人各自將杯中酒給喝了，方晶又要給傅華倒酒，傅華趕忙阻止說：「我不能喝了，家裏有小孩，我不能喝得醉醺醺的回去。」

方晶卻說：「我要離開北京了，跟你喝個告別酒，難道也不可以嗎？」

傅華愣住了，說：「方晶，你真的將俱樂部給賣了？」

方晶點點頭說：「我已經跟人家簽約了，很快就要離開北京了。」

傅華看著方晶，說：「究竟怎麼回事啊，這裏不是經營得好好的嗎，怎麼突然不做了呢？」

方晶瞅了傅華一眼，說：「你問這些幹嘛？這又不關你的事。」

傅華說：「作爲朋友，關心一下不行啊？」

方晶冷笑一聲說：「你還當我是朋友嗎？我以爲就湯言是你的朋友呢。」

傅華沒想到方晶對自己騙她的事一直耿耿於懷，有些無奈地說：「算了，就當我沒問好了。」

傅華說完就想要走開，卻被方晶一把拉住了，她笑了笑說：「你這傢伙真是小氣，怎麼連個玩笑也開不起啊？這原因嘛，一兩句話說不清楚，這裏也太吵了，你如果真想聽的話，我們換個地方說吧。」

傅華說：「換個地方？換到哪裡去啊？」

方晶說：「去隔壁吧，隔壁的包廂沒人，清靜些。」

傅華很想知道方晶爲什麼要頂讓俱樂部，便說：「行，我們就去隔壁吧。」

兩人出了湯言的包廂，方晶叫來公關經理，將隔壁包廂的門打開，兩人就進了包廂坐下來，方晶去吧台拿出了兩個杯子，又讓公關經理開了一瓶洋酒。

傅華想要阻止方晶，方晶卻說：「傅華，我就要回澳洲了，難道你就不肯跟我喝一杯酒嗎？」

方晶這麼說，傅華倒不好再阻止了，心想反正已經喝了酒，再喝一杯也沒什麼大不了的，頂多回去被鄭莉罵一頓罷了，就讓公關經理幫他倒上了酒。

公關經理出去之後，方晶端起酒杯，對傅華說：

「傅華，我曉得你肯定已經知道我最近做的一些事情，你心中一定也在納悶我爲什麼會這麼做。你想知道原因的話，就跟我喝了這杯酒，否則我沒有勇氣把這個故事講出來。」

傅華愣了一下，說：「這麼嚴重啊？」

方晶苦笑說：「你如果當我是朋友的話，就陪我喝了這杯，讓我有勇氣一吐心中的苦水。如果你不當我是朋友，現在你就可以離開了。」

這時候傅華還能說什麼，他只能拿起酒杯，把杯中酒給喝了。

喝完之後，方晶開始說道：

「傅華，這個故事，開頭要從江北省說起，你已經知道我跟林鈞的事了，這部分我就不囉嗦了。但你不知道的是，我和莫克發生過什麼。認真說起來，應該是莫克自己的問題，我並沒有參與什麼。不過，我的美貌讓男人都十分迷戀我，莫克也不例外，他很早就暗戀我了，而且近乎癡迷的程度。」

傅華對此一點也不意外，他看了看方晶，笑說：「漂亮又不是你的錯。」

方晶無奈地說：「但是紅顏禍水啊，莫克看我跟林鈞在一起，心生嫉妒，居然不顧林鈞對他的提攜之恩，舉報林鈞，讓林鈞爲此付出生命的代價。」

聽到這裏，傅華震驚無比，他終於了解方晶最近一連串反常的舉動是爲什麼了。

傅華不禁嘆道：「方晶，你這是何苦呢，你不值得爲了報復莫克而搭上自己的。要報復莫克的方法很多，你只要揭穿他出賣林鈞的事，他在政壇就無法立足，又何必獻上自己呢？」

方晶直盯著傅華，半晌，撲哧一聲笑了出來，說：「怎麼，心疼我了？」又搖搖頭說：「傅華，你不覺得你很虛僞嗎？你這時候說什麼不值得，沒必要，好像很替我惋惜似的，但你早幹嘛去了？你不是早就知道我跟莫克在一起了嗎？爲什麼你不早跟我說沒必要、不值得啊？」

傅華辯解說：「不是的，方晶……」

「不是，什麼不是，」方晶打斷傅華的話，叫道：「你心裏不是挺高興我跟莫克在一起嗎？你不是還叫你的那個朋友劉善偉從莫克手裏攬工程嗎？」

傅華被說得滿臉通紅，反駁不得。

方晶瞅了傅華一眼，繼續說道：「傅華，有時候我真的覺得你挺可笑的，你怎麼可以一邊跟我講大道理，一邊卻利用這種關係為自己謀利呢？你不覺得你這麼做太滑稽了？」

傅華心裏暗罵劉善偉害人不淺，他明明不想幫這個忙，卻被劉善偉利用蘇南逼著他幫了這個忙，還把他給泄露了出來，害得他兩面都不是人。

傅華也不好再否認，他無奈地說：「方晶，我承認劉善偉這件事是我不對，但是責任也不都在我身上吧？劉善偉知道你和莫克關係的時候，你已經跑去海川跟莫克公開亮相了，還成立了諮詢公司，這些可不關我的事。」

方晶嘲諷說：「是啊，這又不關你的事了，是我賤，主動跑去海川陪莫克上床對吧？」

傅華尷尬地說：「方晶，我不是這個意思。」

方晶冷笑一聲，說：「傅華，什麼不是你的意思，你的潛臺詞就是想這麼說的，我猜那個時候，你心裏大概在罵我是個貪財的女人吧，不是嗎，前面為了錢跟林鈞在一起，後面為了錢又跑去陪莫克睡，多賤的女人啊？」

傅華趕忙辯解說：「不是方晶，我當時不知道你跟莫克還有出賣林鈞這段恩怨。」

方晶氣憤地說：「你不知道有那麼一段恩怨，這麼說，你當時還是認為我是那麼賤的女人了。我告訴你吧，傅華，今天我之所以被莫克這個混蛋占了身體，都是你害我的。」

傅華驚訝的道：「我害你的？我沒有做什麼害你的事啊，方晶，你搞錯了吧？」

方晶冷笑一聲說：「哼，要不是你和湯言合起夥來騙我，我又怎麼會跑去海川跟莫克見面，不去跟莫克見面，我又怎麼會被莫克騙了。」

傅華詫異地說：「你被莫克騙了，這又是怎麼一回事啊？」

「怎麼一回事你就不需要知道的那麼清楚了，你只要知道是你害我的就行了。」說到這裏，方晶突然露出詭異的笑容，看著傅華說：「傅華，這時候你也該昏倒了吧？」

傅華一愣，剛想問方晶爲什麼時，眼前卻突然一黑，便一頭栽倒在地了。

傅華醒過來的時候，眼前一片漆黑，頭痛得像要裂開一樣，胃裏難受極了，噁心的想吐卻又吐不出來。

傅華想要坐起來，卻渾身一點力氣都沒有，只好躺在那裏。轉頭四處看了看，四周一點亮光都沒有，看不到任何東西，心說：「我這是在什麼地方？又怎麼會這個樣子呢？」

想了半天卻什麼也沒想出來，腦海裏一片空白，似乎他的記憶都消失了。

又躺了好一會兒，傅華身上有了些氣力，記憶也慢慢恢復了些。想起來好像是被湯言約來鼎福俱樂部慶祝海川重機股票的事，還說方晶要跟他道歉。晚上聚會時，方晶確實跟他道歉了，然後把他帶到隔壁的包廂，跟他解釋爲什麼會跟莫克聯手，又說是莫克舉報林鈞讓林鈞送命的。印象中，方晶還說是他害她的，然後他就人事不知了。

想到這裏，傅華猛地一下子坐起來，心裏驚叫一聲：壞了，中了圈套了！方晶約他來參加這個聚會，根本就不是真心向他道歉，而是設下陷阱引著他往裏面跳的。

這時，傅華才發覺他渾身上下什麼都沒穿，更加恐慌起來，他清楚的記得他昏倒時是穿著衣服的，是誰剝去了他的衣服，他在昏倒的這段期間又做了什麼？

他又想到他昏迷的這段時間，不知道鄭莉有沒有打電話找他？顯然他在這裏滯留的時間不會短，鄭莉在家裏肯定很著急。現在還是趕緊回家才是最要緊的。

傅華伸出手去摸索，摸到了上衣的口袋，他把手機找了出來，想借著手機螢幕的光亮看看他現在身在何處。沒想到按了半天，手機沒有任何反應，不由得惱火罵道：「媽的，不會在這時候沒電了吧？」

傅華摸到開機的按鈕，使勁按了一下，鈴聲響起，螢幕有了光亮，原來手機被人給關機了。傅華明白很可能是方晶把手機給關了，不由得暗罵方晶狡猾，關機就沒人知道他出事了，也就沒人會找他了。

手機開機後，接連有提示音進來，一看鄭莉的未接電話有十幾通，一直持續到午夜十二點才沒再打來。

傅華正想回撥時，忽然看到手機上顯示的時間是凌晨三點多，這時候大家都在睡覺。如果打過去一定會吵醒鄭莉和孩子，他就把手放了下來。

傅華慢慢站了起來，借著手機螢幕微弱的光線，找到牆壁上的電燈開關，一開燈，眼睛頓時感到十分的刺眼，眼睛習慣了一下後，看到他還在俱樂部的那個包廂裏，心裏多少放鬆了一點，總算方晶沒把他綁到別的地方去。

房間裏的大沙發被放平，成了沙發床的樣子，他的衣服和被子都堆在那裏。傅華不知道方晶爲什麼會把他扒個精光，是不是方晶跟他做過什麼了？他心中很不安，方晶絕不會什麼都沒做就這麼放過他的。

不管怎麼說，先離開這是非之地再說。傅華就走回沙發床，坐著穿好衣服，就要站起來離開，沒想到他站起來時用力太猛，酒勁還沒過去，胃裏又一陣翻腸倒肚的噁心，腿就有些發軟，一下坐在被子上。

被子下面傳來一聲叫喊，居然還有一個人，而且聽聲音像是一個女人，卻不是方晶。這可把傅華嚇壞了，他趕忙站起來，看著被子叫道：「是誰，誰在裏面？」

喊了半天沒人回答，傅華只好過去小心翼翼的掀開被子的一角，就看到一個女人正在被子下面趴著酣睡。從掀開的這一角看，女人身上似乎也什麼都沒穿。

由於女人是趴著的，傅華看不清楚女人長什麼樣子，但是從露出的肌膚看，這個女人是個很年輕的女孩。他心中暗叫完了，方晶給他設下的原來是一個桃色陷阱。方晶實在是太過分了。

不過事已至此，傅華也無法改變什麼了，只是不知道下一步方晶會怎麼對付他？會不會有更狠的招數在等著他呢？此刻，傅華十分後悔，當初竟沒聽曉菲的勸告，離方晶人遠一點。現在大錯鑄成，後悔也來不及了。

傅華決定回去一五一十的跟鄭莉坦白昨晚發生的事情，向鄭莉承認錯誤，不論鄭莉會多生氣，坦白承認也比把事情瞞著好一些。

就在這時，正在熟睡的那個女人動了一下，她的臉轉了過來，傅華看到她露出的半邊臉，不禁傻眼，這個女人不是別人，竟然是湯言的妹妹湯曼。

湯曼怎麼會在這裏？方晶竟然把湯曼跟他光著身子放到一起！

傅華很快就想到這是方晶的一石二鳥之計。方晶昨晚講得很清楚，害她的是他和湯言。因此她把他和湯曼湊在一起，不但報復了他，同時也報復了湯言。

上次湯言誤會他對湯曼有不軌的舉動，差點就要打死他，這回比上次看上去更爲嚴重，湯言還不知道會怎麼對付他呢。

傅華趕緊搖了搖湯曼，說：「小曼，醒醒。」

湯曼嘟囔了一句：「別吵，我睏著呢，我要睡覺。」

傅華感覺到湯曼有點不對勁，他不知道湯曼是喝醉了，還是也被方晶下了藥，就去找了幾瓶礦泉水出來，把水澆在湯曼的臉上。

湯曼被涼水一激，叫了一聲，睜開眼來叫道：「傅哥，你幹嘛啊，大半夜的，人家睡得好好的，你怎麼用水來澆我？」

傅華見湯曼神志清楚，還能認出他是誰，趕忙說：「小曼，你醒醒，我有話要問你。」

湯曼這時才覺得情形有些不對，看著傅華驚問道：「傅哥，發生什麼事了？我怎麼會跟你在這裏？這是哪裡？我怎麼沒穿衣服，你對我做了什麼事嗎？」

看湯曼連珠炮般的問題，看樣子湯曼對昨晚發生的事也毫無記憶，傅華的心直往下沉，他擔心自己會不會真的對湯曼做了什麼。

傅華苦笑了一下說：「小曼，你先冷靜一下，究竟發生了什麼事，我的腦子也是一片空白。這樣，你先檢查看看你有沒有什麼不對的地方。」

湯曼用懷疑的眼神看著傅華，疑惑傅華為什麼會這麼說，傅華越發尷尬起來，說：「小曼，如果你覺得身體有什麼異樣，那可能是我對你做了什麼不該做的事，不過那不是我的本意，我昨晚被方晶下了藥了。」

湯曼暗自檢查了一下，感覺一切如常，就搖搖頭說：「傅哥，除了我身上沒穿衣服，再就是頭有點疼之外，我身體沒有什麼不對勁。」

傅華不放心地問：「你確定，小曼？」

湯曼點點頭說：「我確定。」

傅華長吁了口氣，幸好方晶還沒搞出他侵犯湯曼的戲碼來，他說：「小曼，幸好你沒事，要不然我真是不知道該怎麼辦好了，剛才我連死的心都有了。」

湯曼一臉迷惑地說：「傅哥，你說這都是方晶搞出來的，你被下藥了，這是怎麼回事啊？」

傅華見被子底下的湯曼還是光著身體，便說：「這話說起來就長了。小曼，我轉過頭去，你先把衣服穿好，我們再聊吧。」

湯曼便在被子下面把衣服穿了起來，然後說：「傅哥，你可以轉過來了。」

傅華轉過頭來，問湯曼說：「小曼，你先告訴我，你是怎麼到這個包廂的？」

湯曼回想了一下說：「我在哥的包廂正喝得高興呢，有個女服務員跟我說傅哥你找我，然後就把我帶到這個包廂，我進來之後，看到你躺在沙發上一動不動，叫你你也沒反應，我以爲你出了什麼事，就走到你身邊查看。這時候，好像有人在我背後用手帕捂住了我的鼻子和嘴，我就很快失去了知覺，醒來就看到你了。」

傅華問：「你沒看到方晶？」

湯曼搖搖頭，說：「沒看到，當時屋裏就你一個人。」

傅華說：「我那時是穿著衣服的吧？」

湯曼點點頭說：「你如果沒穿衣服，我就不會過去了。」

傅華猜說：「可能方晶就躲在門背後，那個捂你嘴巴和鼻子的人就是她。」

湯曼氣憤地說：「這個壞女人，我一定要把她找出來，好好教訓她一頓。」

傅華搖搖頭說：「恐怕我們已經找不到方晶了。」

傅華現在已經有些理清了思路，按照他的猜測，昨晚方晶跟他攤牌，就是安排好所有退路了，此刻方晶只要買一張飛澳洲的機票，就可以瀟灑的離開了。

湯曼說：「不可能，我就不信她能飛了。走，傅哥，我們去她的辦公室找她。」

傅華說：「你不會找到她的。」

湯曼不相信，說：「不管找不找得到，也要先找找看啊。」

第七章

俗套情節

鄭莉說：「老公，你找點好的藉口行不行啊？被人下藥迷暈？
你可不要告訴我你醒來時，身子是光著的，身邊還有一個裸身的美女，
這種三流小說中才會出現的俗套情節，你就省省吧，你還是老實交代昨晚究竟是怎麼回事！」

傅華就和湯曼一起去方晶的辦公室，辦公室大門深鎖，打方晶的電話，手機是關機狀態，兩人又去問服務生，服務生說方晶昨晚不到十二點就離開了俱樂部。而且，昨晚是方晶在俱樂部的最後一晚，過了昨晚，這裏就不是方晶的了，她已經將這裏賣給一家香港的娛樂休閒集團。

聽到這裏，傅華也不得不佩服方晶處理事情乾脆俐落，佈局完，竟然馬上就人間蒸發，不讓他有一絲可以還擊的機會。

傅華嘆了口氣，說：「小曼，你看到了吧，我說你找不到她吧。」

湯曼不甘心的說：「這女人跑得倒挺快。」

傅華說：「她是事先什麼都算計好了。小曼，你要有心理準備，可能會出現一些對你和我不利的東西。」

湯曼滿不在乎地說：「那個女人還能幹嘛，大不了是把我們裸身的樣子湊在一起拍張照什麼的，我才不在乎呢，我們是被陷害的，我問心無愧。」

傅華苦笑了一下，說：「小曼，我們是可以問心無愧，但是別人不會這麼認爲，你還是要有點心理準備才行，恐怕你哥那關首先就不會好過了。」

湯曼老神在在地說：「我哥那兒我來擺平就是了，他也不是笨蛋，對這種明顯是騙人的照片不會中計的。倒是你，傅哥，小莉姐你要怎麼解釋啊？」

傅華無奈地說：「我還能怎麼解釋啊，實話實說吧，只是你小莉姐最近情緒有些不太穩定，不一定會相信我。唉，這個方晶還真是會找時機，偏偏在這個時間點上搞事。我別的不擔心，就擔心你小莉姐會爲此氣出病來。」

湯曼安慰說：「你不用擔心，傅哥，大不了我來幫你解釋。」

傅華看了湯曼一眼，這個女孩還是太單純了，有些事不是想解釋就能解釋清楚的，尤其是湯曼是照片的主角之一，說不定不解釋還好，一解釋反而會越描越黑。

傅華回到家中已經快早上五點了，他躡手躡腳地去了客房。腦子裏想的都是一會兒如何跟鄭莉解釋昨晚發生的事，一點睏意都沒有，他睜著眼睛直直的盯著天花板，頭越發疼了起來。

這時，客房的門打開了，鄭莉站在門口，傅華趕忙起來說：「我把你吵醒了？」

鄭莉不高興的說：「我昨晚就沒睡踏實，你怎麼回事啊，不是說應酬一下就回來嗎？怎麼不但人沒回來，還把手機給關了？老公，你現在是有老婆孩子的人了，不能像以前那樣在外面瘋了。你知道我昨晚打電話卻找不到你，心裏有多擔心啊？」

傅華低著頭說：「對不起，小莉，我也不想的。」

鄭莉責備說：「什麼叫你也不想？難道是別人逼你這樣子的嗎？」

傅華吞吞吐吐的說：「小莉，我昨晚被人算計了，有人在酒中下了藥，我被迷暈了過去。」

鄭莉撲哧一聲笑了起來，說：「老公，你找點好的藉口行不行啊?被人下藥迷暈?真是奇怪啊，誰會下藥迷暈你啊?你可不要告訴我你醒過來的時候，身子是光著的，身邊還有一個裸身的美女，這種三流小說中才會出現的俗套情節，你就省省吧，你還是老老實實交代你昨晚究竟是怎麼回事！」

鄭莉當玩笑所說的竟跟現實發生的事一模一樣，傅華簡直尷尬到了極點，他偷看了眼鄭莉，說：「小莉，你別生氣，事情真的就像你剛才說的那樣。」

鄭莉神情有點變了，質疑地說：「你說清楚，什麼叫像我說的那樣?」

傅華不敢看鄭莉的眼神，支支吾吾的說：「就是你說的三流小說中才會出現的爛俗情節啊。」

「什麼?你身邊真有個裸身的女人?!」鄭莉驚叫了起來。

傅華點點頭說：「是的，小莉，你要相信我，我當時真是被人給下藥了，意識不清，連小曼躺在我身邊都不知道。」

「什麼，你身邊的女人是小曼?」鄭莉再次驚叫起來，衝著傅華嚷道：「傅華，你居然對小曼做出這種事，你還有什麼做不出來的?」

傅華趕忙說：「小莉，你要相信我，我和小曼只是躺在一起，真的什麼都沒發生。」

鄭莉痛苦的說：「你騙誰啊，深更半夜的，你們孤男寡女，手機關機，赤身躺在一起，還跟我說什麼都沒發生，傅華，你當我傻瓜啊？」

傅華急急解釋說：「小莉，我知道聽起來像是假話，但確實是這樣，你要怎麼才能相信我啊。這樣，你可以問問小曼，她可以證明我所說的都是真的。」

鄭莉冷笑一聲說：「傅華，你當我不知道那個丫頭早就暗地裏喜歡你嗎？她肯定會幫著你撒謊的，也許她心裏正求之不得跟你發生點什麼呢。」

傅華有百口莫辯的感覺，說：「小莉，事情真的不像你想的那樣，你相信我吧。」

鄭莉冷著面孔說：「你要我相信你？我怎麼信你啊？你大半夜的不回來，一回來就跟我說你被人迷暈，跟年輕漂亮的女人光著身子睡在一起，竟然說沒對小曼做什麼，說出去誰信？這種好事別人求都求不到，你還需要被人迷暈？真是笑話。」

傅華急道：「小莉，我們在一起這麼久了，我是什麼樣的人你不知道嗎？你要相信我的爲人。」

鄭莉看了一眼傅華，說：「我是想相信你，可是你的說法實在是太令人難以置信了。好，你說你是被人迷暈的，那你告訴我，是誰迷暈你的？」

傅華說：「我想應該是鼎福俱樂部的老闆娘方晶。」

鄭莉質問說：「你想應該是方晶，這話說的真怪！好，我就相信你說的是真的。你現在就給我把方晶找出來，我要你跟她當面對質。」

傅華苦笑著說：「可是我現在找不到方晶了，她人已經消失了。」

鄭莉不禁笑了起來，說：「這麼巧啊，傅華，你不會是知道找不到她，故意把事情推在她身上的吧？我可記得你昨晚去鼎福俱樂部，題目就是方晶要跟你道歉，怎麼歉沒道，反倒把你給迷暈了？」

傅華說：「小莉，你不知道方晶根本就沒想要跟我道歉，她是爲了引誘我跳進她設下的陷阱。這件事很複雜，當初方晶……」

傅華開始敘述昨晚方晶講的那些事，她如何爲了莫克背叛林鈞而想報復莫克等等。卻看到鄭莉滿臉懷疑的表情，只好嘆了口氣，說：

「小莉啊，我知道我說的很玄，我也拿不出什麼證據，但是你知道我的爲人，我不會對你撒謊的。就像我跟湯曼這件事一樣，如果我想騙你，我就不會跟你說這些了，我大可以瞞著你。」

鄭莉冷冷的說：「你大可以瞞著我？傅華，你究竟瞞過我多少事啊？」

傅華苦笑說：「小莉，我不是那個意思，我只是做個比喻罷了。」

鄭莉說：「傅華，你不用做這種比喻，你之所以跟我說這件事，原因很簡單，那是因爲你知道這件事瞞不住了，你想先跟我承認，然後我就會因爲你的坦白原諒你。但是你的算盤打錯了，別的事我都能原諒你，唯有這種事不行。」

傅華哀求說：「小莉，我真的是被陷害的。」

鄭莉搖搖頭說：「傅華，你什麼都別說了，我現在腦子裏亂得很，請你先離開這裏，給我點時間和空間想一想。」

傅華說：「小莉……」

鄭莉沒等傅華講完，就衝著傅華吼道：「我說了，請你先離開這裏。你離不離開？你不離開我離開。」

鄭莉說著，就要衝出去收拾東西，傅華一把拉住她，無奈的說：「好了，小莉，我離開就是了。請你記住，我真是被陷害的。」

鄭莉卻連看都不看傅華，只是朝門口做了個手勢，說：「請。」

傅華眼看無法挽回劣勢，只好嘆了口氣，走出自己的家。

天色還早，他一時之間也沒地方可去，就打電話給鄭莉的好友徐筠，希望徐筠能幫他好好哄哄鄭莉。

徐筠很長時間才接電話，不高興的說：「傅華，你最好是有火燒房子的理由，否則我可不原諒你這麼早打電話吵醒我。」

傅華苦笑了一下，說：「筠姐，我現在真是火燒眉毛了，小莉跟我吵架，把我趕了出來，我擔心她氣壞身體，所以想請你過來看看她。」

徐筠驚訝的說：「什麼，你跟小莉吵架了？傅華，這我可要說你了，小莉剛生孩子，身體還在恢復階段，你什麼事不能讓她一下啊，非要讓她氣到把你趕出來的地步。」

傅華無奈說：「我也不想啊，什麼事情一句兩句話說不清楚，筠姐，拜託你趕緊過來，我真是很擔心小莉。」

徐筠意識到問題的嚴重性，便說：「行，我馬上就過去。」

傅華就在車裏等著，過了半個多小時，徐筠到了，傅華迎了上去，徐筠看了他一眼，說：「什麼事這麼嚴重啊？」

傅華說：「我被人算計了。筠姐，你先上去幫我開解一下小莉吧，如果有時間，麻煩你留在這裏陪陪她。」

徐筠就匆忙上去了，過了一會兒，徐筠打電話來，說鄭莉不想讓傅華在門口等著，讓他趕緊離開。

傅華說：「我離開就是了，筠姐，小莉的情緒怎麼樣？」

徐筠凝重地說：「很糟，傅華，你這次錯的有點離譜了。」

傅華回說：「筠姐，我是被人陷害的。」

徐筠說：「傅華，你先不要跟我解釋了，你先給小莉一點空間和時間好不好，讓她冷靜一下。」

傅華只好說：「那好，我就先離開。只是麻煩你這幾天多陪陪小莉。」

徐筠說：「這你放心，小莉是我的妹妹，她這樣子我也不放心，我會陪著她的。」

傅華說：「那謝謝你了。」

徐筠說：「行了，你趕緊離開吧，小莉看我跟你說這麼多已經有點煩了。」

傅華只好發動車子離開了，他沒別的地方可去，只好去駐京辦。時間尚早，駐京辦還沒有人來上班，傅華一個人坐在辦公室裏，一籌莫展。

九點多的時候，湯曼打電話來，問傅華情況如何，傅華苦笑說：「我現在被你小莉姐給趕了出來。」

湯曼說：「要不要我跟她解釋一下啊？」

傅華搖搖頭說：「沒用的，她現在什麼解釋都聽不進去的。誒，你那邊怎麼樣？」

湯曼說：「我沒事，沒有人知道我昨晚發生了什麼事，我也沒跟別人說。其實我覺得可能是傅哥你緊張過度了，你不該跟小莉姐說的，你不說，不就沒這麼多麻煩了嗎？」

傅華不禁說道：「小曼啊，你想得太簡單了，現在方晶的報復手段還沒完全施展出來呢，你等著看吧，麻煩事還在後面呢。」

湯曼說：「我能夠應對的，倒是傅哥你再想想辦法，趕緊哄好鄭莉姐吧。」

傅華嘆了口氣，說：「我知道，謝謝你了小曼。」

湯曼就掛了電話。

傅華悶坐在辦公室裏，他的心始終懸在半空，他在等方晶的後續報復手段。其間，他尚且抱有一絲幻想，打過方晶的電話，方晶的電話仍是關機，根本就打不通。

一上午風平浪靜，什麼事都沒發生，不但北京這邊沒什麼，海川也沒什麼狀況出現。但是傅華的心不但沒有放下來，相反還吊得更緊。

下午，傅華的手機突然響了起來，他看看是丁益的電話，接通後，沒精打采的說：「丁益，什麼事啊？」

丁益說：「傅哥，你快看海川熱線，上面突然出現了一些你的豔照。」

該來的終於來了，傅華不用看也知道這些豔照是昨晚方晶拍攝下來的。這一刻，傅華反而不緊張了，他心裏始終懸著的那塊石頭終於落地，他反而踏實了。既然該來的都來了，那也只能見招拆招，順其自然了。

丁益還在繼續說著：「傅哥，這一定是有人僞造的，這些人真是太壞了，竟然用僞造的豔照來毀壞你的名譽。」

傅華苦笑說：「丁益，這些照片不是假的。」

「什麼，你說這些照片不是假的？」丁益驚叫說：「傅哥，你什麼時候玩上這種調調了？這可不是你的風格啊。」

傅華說：「我是被人算計了。」

丁益詫異地說：「怎麼回事啊？」

傅華說：「哎呀，一兩句話解釋不清楚，我現在也沒心情給你解釋。」

丁益說：「你跟我解釋不解釋無所謂，你趕緊想辦法把這些照片給撤下來吧。不趕緊撤下來，市政府和市委很快就會知道的。」

傅華說：「人家這次就是衝著我來的，我現在做什麼都晚了。」

丁益說：「這麼說，你知道是誰做的了？」

傅華嘆了口氣，說：「我知道，不過知道也沒什麼用處，人家可能這會兒已經跑去國外了。」

丁益叫說：「怎麼會這樣啊？傅哥，你準備怎麼辦？難道就這樣受著？」

傅華嘆說：「我不受著也沒辦法，我還能做什麼啊？你嫂子已經把我趕出家門了，現在照片又傳到網上，我真不知道你嫂子還會有什麼更激烈的反應。媽的，這個女人真是夠狠的，刀刀見骨啊。」

丁益說：「害你的人是女人？」

傅華說：「是的，女人真是不好招惹啊。丁益，我現在沒心情跟你講電話，先掛啦。」

丁益說：「行，不過傅哥，你也別上火，事情總有解決的辦法的。」

傅華剛掛上丁益的電話，又有人打電話進來，是孫守義。

孫守義一開口就急急的說：「傅華，我怎麼在海川熱線網上看到你的豔照，這是怎麼一回事啊？」

傅華說：「孫副市長，您也看到了？」

孫守義說：「豈止我看到了，很多人都看到了，我已經叫人先把照片給撤下來了。」

傅華沒想到出了事，第一時間出來幫他的竟然是孫守義，心裡十分感動，雖然孫守義所做的只是杯水車薪而已，但這表明了孫守義對他的信賴和支持。在他坐困愁城的時候，孫守義這種態度完全是雪中送炭的意味。

他很感動，感激地說：「謝謝您，孫副市長，我真是不知道該說什麼來表達我的感激之情。」

孫守義說：「你先別說這些沒用的，先告訴我，這究竟是怎麼一回事？」

傅華苦笑著說：「孫副市長，我現在解釋不清楚究竟是怎麼一回事，我只能告訴您，我被人陷害了。」

孫守義說：「你被人陷害了？你是說照片是假的嗎？如果是假的，我讓有關部門幫你查一下，還你的清白。」

傅華欲哭無淚地說：「照片不是假的，不過也不是真的，我當時被人下藥迷昏了，才被人任意擺佈，拍下不雅的照片。」

孫守義聽了，不禁責備說：「傅華，你怎麼這麼不小心啊，如果照片是真的，我可就沒辦法幫你了。」

傅華痛苦地說：「我知道，不過還是謝謝您，副市長。」

孫守義說：「跟我這麼客氣幹什麼，誒，這件事鄭莉知道嗎？」

傅華說：「對手有意而爲之，我能瞞得住嗎？」

孫守義心有戚戚焉地說：「嗯，那可有你的苦頭吃了。」

傅華說：「哎，已經吃上了，我被趕了出來。」

孫守義聽了說：「這可有點不妙啊，要不要我讓沈佳去幫你說說好話啊？」

傅華說：「不用了副市長，鄭莉現在在氣頭上，別人說什麼都沒用的，她讓我給她一個空間冷靜一下。」

孫守義說：「暫且讓她冷靜一下也好。誒，傅華，你知不知道是誰搞的鬼啊？」

傅華說：「這人您也認識，就是鼎福俱樂部的老闆娘。」

孫守義詫異地說：「是方晶？你怎麼得罪她了？誒，不對，不是你得罪她，她是莫克的人，一定是莫克在佈局陷害你。如果是這樣，你可就麻煩了，莫克一定會拿這件事大做

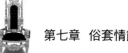

你的文章的。」

傅華心想：恐怕莫克的遭遇也不會比他好多少，他最壞的結果不過是受點處分，家庭鬧些不和而已，莫克卻要面臨人財兩失的後果，甚至被舉報利用項目受賄，那等著莫克的，就不僅僅是財產上的損失而已，而是身陷囹圄了。

不過，這些傅華一時之間也很難跟孫守義說清楚，他也不想說，便說道：「莫書記想怎麼做，隨便他了。」

孫守義建議說：「你要不要跟金市長說說這件事啊，你跟他說一下，到時候莫克想要對你下手的話，他會出手阻止的。」

傅華婉拒說：「這件事我百口莫辯，算了，不管是什麼樣的結果我都承受，還是不要給金市長添什麼麻煩了。」

掛了電話後，傅華在網上搜尋他的豔照，海川熱線上已經看不到了，孫守義的動作果然起了作用。不過，這些豔照不會這麼輕易就消失的，肯定已經有人轉發了這些照片。

果然，傅華從東海省的一個論壇上找到了這些照片，照片的標題是「海川市一官員與小三幽會被拍，求證實。」下面就是傅華和湯曼躺在一起的照片。

照片上，他被擺了好幾個很猥褻的動作，好像正跟湯曼做著親密的行為。另外，照片上的傅華被拍得很清楚，都是正臉；湯曼的形象倒是很模糊，多數是側臉。要不是傅華事先知道是湯曼，不熟的人很難認出照片上的女人就是湯曼。

帖子下面都是謾罵的話，現在老百姓對官員的行徑一向反感，看到這些照片，更是要罵個痛快了。

傅華就撥電話給湯曼，告訴她照片的網址，讓湯曼自己去看。

湯曼看了之後，不在乎的說：「其實也沒什麼啊？把我拍得很模糊，有點醜。」

傅華苦笑一下，他知道湯曼的個性，尤其時下年輕的女孩，對裸露身體並不太當回事。只好提醒說：「你還是做好準備，現在的新聞媒體對這種事特別敏感，尤其是牽涉到政府官員，更是八卦的好題材，我看你最好先跟你哥說說這件事，省得他又暴怒了。」

傅華讓湯曼跟湯言說，其實還有另外一個用意，他希望湯言會利用他父親的威勢封殺掉這些照片。這樣可以避免更多人看到兩人的不雅照。

湯曼想了想說：「行，我跟我哥說。」

傅華坐在那裏看著手機，等著湯言打來質問他，果然不到十分鐘，湯言的電話就打來了。

傅華按下接通鍵，硬著頭皮說道：「湯言，你如果想揍我的話，我在駐京辦，你過來吧。」

湯言卻說：「傅華，我揍你幹嘛，我們都被方晶這個女人耍了。你這人也是，你一向不是挺聰明的嘛，怎麼發現情況不對時，也不趕緊給我打電話？」

傅華說：「我打電話給你幹嘛？等我知道不對勁的時候，事情已經發生了，我打電話給你也於事無補啊。」

湯言反駁說：「什麼於事無補，如果你那時候打電話給我，我就能想辦法把方晶給找出來，不會讓她跑掉的。現在倒好，她早坐飛機到澳洲了。」

傅華說：「你查了她的行蹤？」

湯言說：「我讓公安部的一個朋友幫我查了出入境記錄，她一早的班機，現在都快到澳洲了。你呀，反應怎麼這麼慢啊？叫我說你什麼好呢？」

傅華苦笑著說：「我沒往這方面想過啊。」

湯言嘆說：「好啦，現在方晶逃走了，說什麼都晚了。」

傅華說：「也不是什麼都完了，我讓小曼告訴你這件事，是想看你有沒有什麼辦法，把這些照片給封殺掉。」

湯言說：「網上的事誰也管不了，我只能想辦法找朋友跟幾家主流媒體打打招呼，不讓他們把這件事大肆報導。」

傅華聽了說：「那也行啊，現在能減少一點傷害是一點啦。」

湯言發狠的說：「方晶這個混蛋，別被我抓到，抓到我廢了她。」

傅華勸說：「行了，現在說這些也沒用。」

湯言說：「傅華，這件事我也有責任，要不是我非要你來參加這個慶功會，也不會發生這麼多事。我聽小曼說你被趕出家門了。要不要我跟鄭叔說，讓他跟小莉解釋一下，也許小莉能夠諒解你。」

傅華說：「暫且還是不要了，小莉也不是很聽我岳父的話的。」

湯言又說：「那海川市方面要不要我跟呂紀打個招呼，說你是冤枉的，讓他們不要追究這件事啊？」

傅華仍然拒絕了，說：「不需要，我會自己跟市裏作解釋的，還是不要麻煩呂書記了。這次真是謝謝你了，湯少，原本我可是準備好要挨你的拳頭的。」

湯言懊惱地說：「我又不是傻瓜，事情不是明擺在那兒的嗎?說起來應該怪我，當初不是我把你攪和進來，也不至於害了你和小曼的。」

海川，市委書記莫克辦公室。

莫克神情嚴肅，正和金達相對而坐，莫克把幾張紙遞給金達，說：「金達同志，這個想必你已經知道了吧？」

金達伸手接過來看了看，馬上就愣住了，紙上印著一份帖子，內容是海川官員跟小三偷情被拍，下面附著幾張照片，照片上，傅華正在對一個女人做著猥褻的動作。

金達第一個反應是這些照片肯定是假的，他知道莫克早就對傅華有看法了，他甚至懷疑這些照片是莫克指使什麼人搞出來的。

金達說：「莫書記，你這照片是從哪裡來的？這肯定是假的，應該是合成出來的，傅華絕不會做出這種事來的。」

莫克卻搖搖頭說：「金達同志，你先不要急著下結論，這些照片經過科學分析，絕對不是合成的。」

金達問：「那這是從哪裡來的？」

莫克回說：「這是網路輿情辦公室在監控網路的時候看到的，彙報到我這裏。」

金達十分納悶，傅華跟鄭莉感情恩愛，按說傅華應該不會有婚外情才是，他想破腦袋也想不出傅華爲什麼會這麼做。

莫克看了看金達，說：「金達同志，你怎麼看這件事？」

金達仍堅信傅華是清白的，便說：「莫書記，現在網路上很多事情都真假難辨，是不是應該先問問本人再說？」

莫克聽了，說：「金達同志，我怎麼感覺你好像是在偏袒傅華啊？大家都知道你跟傅華的關係，這時候你可要站穩立場，秉公而斷，不要摻雜個人的感情進去啊。」

金達說：「可是不調查就處分他，是不是太急了點？」

莫克說：「我沒說不調查就處分傅華同志，調查當然是應該調查，但在這之前，我們海川市委是不是應該對這件事有個態度啊？如果我們不及時應對，會被線民聲討的，我想召集常委會開個緊急會議，商量出個態度來。」

莫克這麼做並沒有錯，金達也不好說什麼，只好同意說：「那行，就按照您的意思去做吧。」

於是莫克就安排常委來省委開會。孫守義也來了，他坐到金達的身邊，問道：「市長，莫書記這麼急著把大家找來，是爲了什麼事啊？」

金達說：「傅華在網路上被人傳了豔照，莫書記說要市委先研究一下，拿出個態度來。這個傅華也是的，怎麼會鬧出這麼檔事來呢？」

孫守義小聲說：「我問過他了，他說是被人算計了。算計他的人，就是鼎福俱樂部的方晶。」

金達愣了一下，說：「老孫，看來你早就知道這件事了，爲什麼不跟我說一聲呢？」

孫守義解釋說：「我想說來著，只是沒想到莫書記的動作這麼快，我還沒來得及跟您說，他就先講了。」

這時，莫克看常委們都到了，就說道：「大家靜一下，緊急把大家找來，是有件事情需要商議一下，有些同志可能已經在網路上看到傅華同志的豔照了吧？」

下面有人竊笑了一下，顯然很多人都看到了。

莫克繼續說道：「輿論上對這件事是一致譴責，罵聲隆隆，給我們海川市造成了很惡劣的影響，而且經過初步科學鑒定，認爲照片是真的，我們如果對這件事置之不理的話，輿論的矛頭很可能會指向市委市政府，造成更加惡劣的影響。爲了不讓事態惡化下去，所以我把大家召集起來研究對策，看要如何解決？」

常委們都不講話，金達也不表態，孫守義有點著急，就說道：「我談一下我的看法吧，我認爲這件事很蹊蹺，在座各位應該都很瞭解這位傅華同志，他一向很守個人原則，怎麼會突然冒出這麼一件令人震驚的事？我覺得我們應該先跟傅華同志瞭解一下情況，之後再決定如何處理這件事，這樣也可以避免把事情搞錯。」

莫克聽了，說：「守義同志，你這種謹慎的態度很好，但是你想過沒有，如果我們去問傅華同志，他會怎麼回答啊，他肯定會否認到底的，那時候，我們是相信他還是不相信他？我剛才說了，我們對這件事應該有個態度，僅僅是態度的問題，並不是要馬上就處分傅華同志。我建議先讓傅華同志停職，接受有關部門的調查，如果他沒什麼問題，再讓他復職。大家看可以嗎？」

有常委附和了莫克的意見，金達也沒提出反對，孫守義看自己孤掌難鳴，只好也不吭聲了。

莫克就宣布說：「那好，既然大家都不反對，就這樣子決定了。」

常委會最終決定暫停傅華駐京辦主任的職務，接受有關部門的調查。傅華停職期間，由副主任羅雨暫代駐京辦的工作。

海川市的官網立刻公佈了這個決定。傅華看到之後，表現的很平靜。這個結果對他來說，早在意料之中。只是令傅華生氣的是，他得知金達在會議過程中都沒幫他說句公道話，這讓他心裏很不舒服。

這十分令傅華寒心，金達又不是不瞭解他的爲人，怎麼一句支持他的話都沒有啊？

莫克結束常委會之後，心裏很興奮，覺得終於找到打擊傅華的機會，可以一吐心中的怨氣。

一開始他也懷疑照片的真實性，結果證實照片不是假造的，這讓莫克振奮不已，傅華，你總算讓我逮到整你的機會了。而且你這次犯的可是風流病，你老婆氣你都來不及，絕不會出面幫你了。

莫克覺得這段時間他真是太順遂了，事事得意，錢有了，美人也有了，又可以整一下他恨的人，好事都趕到一塊去了。因此散會後，莫克就想馬上把傅華被停職的事跟方晶說，讓方晶跟他一起分享他的好心情。

莫克面帶笑容的撥了方晶的手機號碼，按了接通鍵，然後就豎起耳朵等著方晶悅耳的聲音從手機裏傳出來，沒想到傳來的雖然是女聲，卻是「你所撥打的電話已關機，無法接通」的語音留言。

莫克看了看時間，這時候方晶該起床啦，怎麼還是關機呢？難道方晶忘了開手機了？就撥了俱樂部方晶辦公室的電話，他想就算方晶忘了開機，這個時間她也該在俱樂部辦公了。

電話接通了，一位男子操著一口蹩腳的普通話問道：「請問你哪位？」

莫克愣了一下，方晶辦公室的電話他打過，接電話的都是方晶本人，這個男人是從哪裡冒出來的啊？今天怎麼有點邪門啊？

莫克便說：「我姓莫，麻煩你讓方小姐接電話。」

對方說：「對不起，方女士已經不在這裏了。」

莫克笑了笑說：「別開玩笑了，方晶是你們俱樂部的老闆娘，她怎麼能不在這裏呢？行了，你別浪費我的時間了，麻煩你讓她接電話吧。」

那個男人說：「這位先生，恐怕你對方女士的消息有點不太清楚啊。方女士已經將俱樂部頂讓給我們公司，她現在不是這裏的老闆娘了。」

莫克詫異地說：「不可能的，我怎麼不知道？方晶從來沒跟我說過這件事。」

男人呵呵笑了起來，說：「方女士跟沒跟你說過我管不著，但俱樂部確實是賣給了我們。先生，你如果想找方女士，請你找別的聯繫方式吧，這裏你是找不到的。」

男人說完就掛了電話，這邊的莫克有點傻眼的感覺，他心裏隱隱開始有點不安起來，如果這個男人不是騙他的話，那就有點不太對勁了。莫克認爲以他跟方晶之間的親密程度，方晶不可能出售俱樂部這麼大一件事都不跟他說。但是現在方晶真的出售了俱樂部，那她瞞著他就很成問題了。

想到這裏，莫克緊張了起來，那一大筆資金都在方晶手裏呢，如果方晶不見了，那他的損失可大了去了。不行，必須儘快找到方晶！

莫克就又撥了方晶的手機號碼，結果還是一樣，手機是關機狀態。這時候，莫克有點坐不住了，想了想，把電話打給了馬睿。馬睿身在北京，跟方晶也熟，估計馬睿應該知道方晶出了什麼事。

馬睿很快接通了，笑說：「老莫，找我有事啊？」

莫克說：「馬副部長，是這樣子的，我有事想找方晶，可是聯繫不上她，您知道她出了什麼事嗎？」

馬睿順口問道：「你沒打她的手機啊？」

莫克說：「打了，關機。」

馬睿又問：「那俱樂部那邊呢？」

莫克說：「怪就怪在這裏，我打到俱樂部方晶的辦公室，是一個操著蹩腳普通話的男人，說方晶把俱樂部轉讓給他了，您知道這是怎麼回事嗎？」

馬睿聽了，訝異地說：「方晶把俱樂部轉手了？這我沒聽她說過啊？」

莫克急說：「您也不清楚這件事？」

馬睿說：「我以前就跟你講過，我跟她來往並不是很密切。有些事她不跟我說也很正常啊。怎麼，你有急事要找她嗎？」

莫克含糊地說：「是啊，原來講好要合作一件事的，突然就聯繫不上她了。您有沒有辦法幫我找一下她啊？」

馬睿也不好顯得跟方晶太熟，就說：「這個嘛，我可以托朋友幫你問一下俱樂部轉讓的情況，別的就不一定了。」

莫克說：「那麻煩您幫我問一下吧。」

掛了電話後，莫克又撥了一次方晶的手機，還是關機，他的心情沉到了谷底，原本因爲整到傅華的喜悅完全消失無蹤了。

傅華在海川大廈開了一個房間暫時住著，他打電話給徐筠，徐筠說，鄭莉現在的情緒還算平靜，只是還不希望見到他，讓傅華先不要回家。傅華沒辦法，只好先住在海川大廈。

傅華鬱悶地待在房間裏，看不到兒子，讓傅華快發瘋了，這時候，他很渴望能有人打電話來跟他聊聊，緩解一下他焦躁的情緒。但是上天好像跟他作對一樣，他的手機一聲都不響，他彷彿被世人遺忘了一樣。

傅華不知道的是，此刻的金達其實是在生他的氣。常委會上，金達之所以沒有幫傅華講話，就是因爲他對傅華有氣。他氣事情發生那麼長時間，傅華連個電話都沒打來解釋一下。他感覺傅華並沒有把他當朋友看待，反倒是向孫守義解釋了這件事。

在金達的心目中，他覺得自己跟傅華的關係應該比傅華跟孫守義的關係更親密才對。現在卻反而要從孫守義那裏才能知道傅華發生了什麼事，這讓金達覺得很不舒服。

另一方面，照片經過科學鑒定是真的，傅華不打來解釋，這更讓金達相信傅華是做了錯事，自然就更沒有立場去反駁莫克了。

但是金達忽視了一點，傅華跟他的關係在海川政壇上人人皆知，很多人認爲金達爲了愛惜羽毛，竟連傅華這個最親密的親信都不肯出面維護，那誰還肯跟隨他呢。因而讓很多人失去了對他的信賴。

所以政治上有些時候，你要明知不可爲而爲之，雖然可能因此失去一些利益，但是卻可以借機收攏人心。利益可以在以後找機會彌補回來，但是人心一旦失去了，就再也難以收攏了。

這一點，孫守義做的就比金達好，他第一時間就跳出來維護傅華，在常委會上也爲傅華據理力爭，看在外人眼中，不光傅華心中感激他，就連海川政壇上的人也覺得孫守義比金達更可信賴。

政治是一種奧妙無窮的遊戲，理智、詭詐都不過是玩弄政治的手段而已，這些手段要隨著形勢時時變化，絕不能一成不變。理智只有用在恰到好處的地方才有用，用錯了地方，其實反而是有害的。

第八章

精心陷阱

看到這裏，傅華真是無語了，

方晶這些話根本就是在暗示他們情投意合，鄭莉反倒是他和方晶之間的阻礙了。

他徹底掉進了這個女人精心設計好的陷阱中，

想要爬出來，陷阱裏卻沒有一處可以著力的地方。

在海川大廈度過鬱悶的一夜之後，傅華接到海川市政府正式的公文，通知他暫停駐京辦主任職務，將手頭的工作移交給羅雨，然後等待接受海川市紀委的審查。

傅華也只能接受，就將手頭的工作移交給羅雨，跟徐筠打了聲招呼後，當天就坐飛機回到海川。在海川機場，紀委的工作人員直接就將他帶到紀委，開始詢問傅華關於豔照的事。

傅華將事情經過據實以告，紀委方面除了不雅照片之外，也沒有掌握傅華其他的違規違紀行為，便也沒特別追問別的。

這一點讓傅華很是意外，在他的想像中，莫克恨他已久，這次好不容易逮到機會，一定不會輕易放過他，會授意市紀委的人嚴厲追查他是否有其他的不法行為。

只是傅華沒想到的是，莫克此刻的心情並不比他好受多少，他一直牽掛著方晶的下落，根本就沒有心情去管傅華的事了。

馬睿找了工商部的一個朋友，查了鼎福俱樂部的登記情況，發現鼎福俱樂部早已遞交股東變更申請，方晶已經不是這家俱樂部的老闆了，老闆變成香港一家休閒娛樂集團。

得知這個情況，莫克更加感到不妙，他越發覺得方晶是拿著他的錢跑掉了，就問馬睿說：「馬副部長，您能不能幫我查一下，方晶有沒有離開國內啊？」

馬睿說：「這個可以，我問一問出入境，你等一下。」

莫克等了半個小時，馬睿的電話打了回來，說：「方晶已經離開中國，回澳洲去了。」

莫克徹底傻眼，心說完了，他費盡了那麼多心思才弄到的錢，這下子全成她的了。他只睡了方晶三次而已，就搭進去這麼大一筆財富，實在太令人心疼了，這下子真是虧大了，這個女人真是夠狠了！

莫克不甘心地問道：「馬副部長，您有沒有方晶在澳洲的聯絡方式？我真的有要緊事需要跟她聯繫。」

馬睿愛莫能助地說：「我還真沒有，以往都是方晶主動跟我聯繫的。」

莫克也不敢再問下去了，再問下去，馬睿一定會懷疑他跟方晶是發生了什麼事。

結束跟馬睿的通話後，莫克的心亂成了一鍋粥。他後悔當初自己爲什麼那麼相信方晶，他完全是被方晶的手段給迷惑住了，以爲方晶跟他有了那種關係，就可以信賴，卻忘了這個女人是個貪婪的人。

莫克真是把腸子都悔青了，他還覺得自己很聰明呢，覺得一切都在他的算計當中，原來方晶一開始就打定主意要騙他這筆鉅款的。現在方晶只是付出幾晚的代價，就捲著他的錢跑了，還留下了一個爛攤子給他，真是情何以堪啊。

他突然想到了朱欣說的話，方晶早知道是他出賣了林鈞，爲了報復他，卻撒謊說她根本就不相信朱欣的說法。莫克的汗毛豎了起來，如果方晶的報復並不只是把錢拿走而已，而是重演他舉報林鈞的戲碼，向有關部門舉報他受賄。那時，恐怕他不僅僅是損失金錢的問題而已，還得爲此付出坐牢的代價呢！說不定也會步上林鈞的老路，被判處死刑?!太可怕了。

想到這裏，莫克整個人渾身都沒有了力氣，豆大的汗珠從額頭上冒了出來。坐也坐不住，差一點就從椅子上溜到地上去。

現在莫克只能期望方晶拿走他的錢就滿足了，不會再來報復他其他的。

就這樣，莫克滿心煎熬的在辦公室裏待著，這一天的行程他都藉口身體不舒服給推掉了。

傍晚時分，紀委的負責同志來跟他彙報詢問傅華的情況，說傅華承認照片上的男人是他，不過並不承認他跟照片上的女人發生過關係。至於爲什麼會出現這些照片，傅華拿出了一個近乎天方夜譚的說法來搪塞，說什麼他是在被人下藥迷暈的狀況下，才會出現這種照片的。

聽到照片是在鼎福拍的，莫克馬上就知道傅華所說的都是真的。一定是傅華得罪了方晶，被方晶報復的結果。方晶都可以這麼對他了，對傅華這樣，也是可以想像的。

莫克突然感到有些滑稽，此刻全海川市，恐怕只有他一個人相信傅華說的是真話。只是莫克卻不想幫傅華，他心說：就算老子倒楣，也得拉著傅華墊背。

不過，莫克也不敢讓紀委再去逼問傅華，他擔心方晶說不定會告訴傅華他背叛林鈞的事。林鈞不少部下目前都還活躍在政壇上，馬睿就是其中之一。當年這些人因爲林鈞倒臺而受過不少折磨，如果被他們知道是他陷害林鈞的，這些人馬上就會將他視爲仇敵的。

因此，在紀委的同志請示他下一步要如何做的時候，莫克便說：「既然沒有發現傅華同志有其他的不法行爲，暫且就先讓他回北京吧。你們繼續查證相關的情形，落實傅華所說的是不是真的。」

莫克這麼說，是心裏很清楚方晶已經逃到澳洲去，紀委總不能到澳洲去落實吧？那樣子的話，傅華的事就成爲懸案，就可以儘量拖著不讓傅華復職了。

於是傅華被允許離開紀委，由於時間已經是晚上，沒有飛北京的航班了，當晚他就住在海川大酒店。

九點多的時候，孫守義應酬完，就過來看他，問紀委詢問他的情況如何。

傅華說：「也沒什麼，就問了問豔照的事，其他我也沒什麼違規違紀的地方，沒什麼可問的，他們請示莫克之後，就放我回來了。」

孫守義說：「那他們有沒有故意爲難你啊？」

傅華說：「這也沒有，他們都是按照程序來的，沒有特別爲難我。」

孫守義聽了說：「那就好。對了，你回海川，有沒有去向金市長彙報一下啊？」

傅華笑笑說：「我現在是帶罪之身，還是不要去打擾金市長了。」

孫守義看得出來，傅華語氣中有些怨氣，顯然傅華對金達有了些芥蒂。

孫守義看了傅華一眼，說：「那你下一步打算怎麼辦？這件事現在是莫克在掌控，金市長和我恐怕很難幫你什麼，而且這件事要得出結論，還需要些日子。沒有得出結論，再加上莫克從中作梗的話，你就不能復職的。」

傅華無奈地說：「也無所謂了，這段時間我可以放鬆一下，正好想想辦法怎麼讓鄭莉原諒我。」

孫守義笑說：「不錯嘛，你挺豁達的。」

傅華無奈地說：「我現在這個狀況，就是想不豁達也不行啊。」

孫守義安慰他：「你有這個心態就好。好了，你好好休息吧。」

孫守義離開後，傅華撥通了徐筠的電話，想問問鄭莉和傅瑾的狀況。

徐筠接了電話，說鄭莉現在平靜了很多，只是尚且不能原諒傅華的行爲。

傅華說：「筠姐，你沒幫我跟小莉解釋說我是被人算計的嗎？」

徐筠嘆說：「我幫你解釋了，也幫你說了不少的好話，但是小莉還是無法接受，小莉說，也許你是被人算計的，但問題的根源不在這個，而是你太過花心了。」

傅華驚訝的說：「我花心？這是小莉說的？」

徐筠說：「是的。」

傅華喊冤說：「真是冤枉啊，我什麼時候花心過啦，我可是始終對小莉忠貞不二的。」

徐筠說：「我也幫你說情啦，但是小莉說你的本分都是假裝的，你雖然沒有跟別的女人有什麼親密的關係，但是你卻老是喜歡跟身邊的漂亮女人牽扯不清，對她們放電。包括頂峰證券那個談紅、鼎福俱樂部的方晶，還有這次跟你發生事情的湯曼。你跟這些女人或多或少都有些情愫在，而且你又喜歡管她們的閒事。如果你不是跟這些女人黏糊，今天這種事根本就不會發生。小莉說，她已經厭倦看到你跟這些女人拉拉扯扯的了，特別是你好像還樂在其中。」

傅華呆住了，他沒想到鄭莉真正生氣的原因是這個，這一點鄭莉倒是沒有冤枉他，他確實跟這幾個女人的關係有一點模糊。說起來，男女之間是很難有純粹的友誼的，要說他對這幾個女人一點都不動心，顯然也不是事實，起碼是互有好感，才會走得那麼近的。

傅華從未想過鄭莉會介意這一點，平常鄭莉在他面前表現出來的都很大度，正因爲如此，他也沒刻意去隱瞞鄭莉什麼，有時候跟這些女人難免就會有親密的舉動。這些在鄭莉眼中都記了下來，長期累積下來的負面情緒終於藉由這件事而爆發了出來。

傅華認錯說：「筠姐，我跟這幾個女人都是發之於情，止之於禮的友情而已，小莉以前對此都很大度的，我沒想到她其實這麼介意。你幫我跟她說，我答應她，今後一定跟別的女人保持距離，行嗎？」

徐筠忍不住教訓說：「傅華，我不知道你是聰明還是糊塗，沒有一個女人是不嫉妒的，除非她對你已經沒有了愛。你如果真的以為小莉不在乎這些，你可真是大錯特錯了。」

傅華很煩惱地說：「我現在不是知道了嘛。筠姐，你幫我跟小莉求求情吧，說我知道錯了，請她原諒我。」

徐筠說：「傅華，你先別急好不好，她的脾氣你又不是不知道，你逼得這麼急，她可能更加反感了。事緩則圓，你給她一點時間和空間吧。」

傅華難過地說：「可是我很想兒子啊。」

徐筠勸說：「你就再忍幾天吧。行了，我不能跟你多說了，小莉恐怕要不高興了，掛啦。」

傅華一臉無奈的把手機收了起來。看來短時間內，他還不能回家。

另一個最令他擔心的問題，他一直沒敢問徐筠，那就是到目前為止，鄭莉究竟看沒看過網上的這些照片？如果鄭莉看過，那就說明這件事情最壞的狀況已經過去了，但是如果鄭莉還沒看過，那只能說最壞的狀況還沒發生，這場風暴還沒有真正的過去。

傅華想問，卻一直不敢問，他擔心問了，反而會讓鄭莉上網去找這些照片來看。萬幸的是，可能湯言的幫忙真的起作用了，主流媒體上並沒有出現什麼官員私會小三的大標題新聞。這樣子，起碼鄭莉不會從她常看的報紙上看到這些照片。

第二天，首都機場。羅雨來機場接返京的傅華。

傅華見了羅雨，習慣性的問道：「我不在北京的這幾天，駐京辦沒什麼事吧？」

問完之後，傅華才意識到他現在是停職期間，駐京辦的事務已經移交給羅雨去處理了，就苦笑一下說：「我忘了你現在才是駐京辦主任，當我沒問好了。」

羅雨笑笑說：「傅主任，您別這麼說，我只不過暫時替您看著駐京辦罷了，您很快就能回到這個崗位上來的。」

傅華知道羅雨是怕他尷尬才這麼說的，就說：「我沒事的，你管理好駐京辦就行了，不用顧忌我。」

傅華和羅雨上了車，羅雨發動車子往海川大廈走。

車上，兩人都沉默著，氣氛有點沉悶。傅華剛想說讓羅雨放點音樂來聽，手機響了起來，居然是趙婷打來的，就接通了，說：「小婷，如果你打電話來是安慰我的，那就省省吧，不要來湊這個熱鬧了。」

趙婷不解地說：「我安慰你什麼啊？傅華你出了什麼事嗎？」

傅華說：「原來你不知道啊？」

趙婷一頭霧水地說：「什麼事啊，我該知道嗎？」

傅華聽了說：「你不知道就算了，這時候我也沒心情跟你講，就說你找我什麼事吧。」

趙婷忍不住問道：「傅華，究竟出了什麼事啊，你怎麼怪怪的？」

傅華嘆說：「我這幾天走背運，被人拍了偷情照片了。」

「什麼？哈哈，」趙婷笑了起來，說：「傅華，你不是跟我開玩笑吧，你會被人拍到偷情照片？今天的太陽是不是從西邊出來啦？」

傅華難堪地說：「我沒跟你開玩笑，我被人設計了。誒，這事章鳳和趙淼沒跟你說嗎？他們應該知道這件事情吧？」

傅華這才想到這幾天並沒有接到趙家任何人的電話，這對待他如一家人的趙家來說，顯然有些反常。

趙婷說：「我和爸爸最近都在忙我和John離婚的事，可能他們不好再說這些來煩我吧。誒，傅華，這件事鄭莉知道嗎？」

傅華說：「我跟她說了，所以現在被趕了出來。」

趙婷一聽，擔心的說：「那你現在住在哪裡啊？」

傅華說：「我在海川大廈開了個房間，暫時先住在這兒。」

趙婷趕忙說：「住外面總是不方便，你要不要搬回家裏住啊？」

傅華心說：這時候我哪敢搬去你那裏住啊，鄭莉已經對他和其他女人的關係很感冒了，趙婷這個前妻八成也在她的名單中，在這個風口浪尖上，還是小心行事爲妙。

傅華便說：「還是不要了，大概也就幾天而已吧，我能照顧好自己的。誒，小婷，你打電話找我什麼事啊？」

趙婷笑說：「我是想告訴你，經過一番艱苦的訴訟大戰，法院終於宣判我離婚了。原來想叫你出來慶祝一下的，可是現在看來，這時候邀請你似乎有點不合時宜了。」

傅華說：「是啊，是有點不合時宜。不過還是恭喜你，終於從這場婚姻中解脫了。」

趙婷高興地說：「是啊，現在想想，真像是做了一場噩夢一樣，聽到法院宣判准予離婚時，我渾身都輕鬆了下來。算了，我看你也沒心情聽我說這些，希望你的事早點解決。」就掛了電話。

到了海川大廈，他提醒自己，不要習慣性的去辦公室，那裏暫時不屬於他了，因此在進了電梯後，他按下所住房間的樓層。這讓他有些怪怪的感覺，很是不舒服。

羅雨將他送到房間，問他有沒有別的事情，傅華說了聲沒有，他就離開了。

羅雨離開後，傅華疲憊的躺在床上，忙碌慣了的他一下子沒事可做，心中空落落的，別提有多彆扭了。

手機突然響了，傅華驚坐起來，趕忙看是誰打來的，是徐筠的號碼。傅華心裏就有幾分的忐忑，徐筠這時候打來，應該不是什麼好消息，難道鄭莉看到網上的照片了？

傅華硬著頭皮按下了接通鍵，說：「筠姐，找我什麼事啊？」

徐筠說：「傅華，你這次是得罪狠角色了。」

傅華猜想他最不想見到的事發生了，心開始往下沉，說：「筠姐，你什麼意思啊？」

徐筠說：「剛才有人送來一份快遞，指名給小莉的，小莉就拆開看了，裏面都是不堪入目的照片，看到這些照片，小莉當時臉色就變得一片慘白。你應該知道是些什麼照片吧？」

聽到這裏，傅華真是傻眼了，他沒想到方晶竟然這麼絕情，生怕鄭莉看不到這些照片，還特地快遞過來，這個女人真夠狠了！

他苦笑了一下，說：「我知道。」

徐筠嘆說：「本來這兩天我陪在小莉身邊，幫你說了不少的好話，小莉的態度已經有點軟化了下來。你知道，如果沒有這些照片，只是在口頭上說，雖然無法接受，至少沒有看到實景，我勉強還能幫你解釋過去。但現在這些照片一出現，就好像狠狠打了小莉一巴掌一樣，你讓小莉怎麼受得了啊？」

傅華趕忙解釋說：「不是，筠姐，那是我和小曼被人迷暈了，所有的動作都是被擺出來的，都不是真的。」

徐筠卻不相信地說：「傳華，問題不像你說的那麼簡單吧？你再好好想想，當晚你究竟做過什麼啊，除了湯曼之外，你還有沒有跟別的女人發生過什麼事？」

傳華愣住了，說：「筠姐，你這麼說是什麼意思啊？照片上還有別的女人？不會吧？」

徐筠說：「小莉說，照片上的女人，就是你說對你下藥的方晶。」

「什麼，方晶？」傳華這下子真是驚呆了，「怎麼會是方晶？我看到的明明就是小曼啊。」

徐筠也愣住了，驚訝地說：「這麼說，還有另一套版本？嘖嘖，傳華啊，你這次真是玩大了。」

傳華百口莫辯，只好說：「筠姐，這不是我想玩的，實際上，到現在爲止，我對那晚究竟發生過什麼，腦海裏一點印象都沒有。」

徐筠說：「也許你回來看看照片，你就會回憶起來了。」

「回去看看？」傳華詫異的問：「筠姐，你是說小莉同意讓我回去了？」

徐筠轉達說：「她讓我通知你可以回家了，只是她並不是要跟你和好，而是她無法再待在這棟房子裏了，她要帶著孩子搬出去。」

傳華急說：「筠姐，這不行啊，小莉帶著孩子搬出去不方便的。你跟她說，我在外面住多久都無所謂，她沒必要搬出去的。」

電話那邊的聲音突然換成了鄭莉的聲音，鄭莉冷冷地說：「傅華，我也不想搬出去，但是我實在受不了這房間裏你的氣息了，這讓我時時想起你來。一想起你，我的心裏就很痛。我沒辦法再在這裏住下去了。」

傅華哀求道：「小莉，所有的照片都是我無心的過錯，你要原諒我。」

「呵呵，」鄭莉冷笑了兩聲，說：「無心的過錯？你回來看看照片上那個方晶都寫了些什麼，再來說你是不是無心的過錯吧。行了，我已經決定搬出去了，你也不用來找我，以後你愛跟什麼樣的女人在一起，都是你自己的事了。」

傅華急急叫道：「小莉，你別這樣啊，我真的只愛你一個啊。你原諒我吧！」

鄭莉冷冷地回說：「你不用這樣求我，我已經原諒你了。我們之間就此兩不相關，傅華，我不恨你，也不愛你了，我有小瑾就足夠了。以後你喜歡誰，不喜歡誰，這些都與我無關。」

傅華沒想到鄭莉會說出這樣決絕的話來，痛苦地說：「小莉，你不要我了？我不能沒有你和傅瑾啊。」

鄭莉也很難過地說：「傅華，不是我們不要你，這是你自己種的因，所以你得自己品嘗這個苦果。還有，這件事你不要去跟爺爺奶奶說，他們年紀大了，受不了這些打擊，如果你去找他們來幫你做說客，讓他們的情緒波動，有點什麼閃失的話，我會恨你一輩子的。」

傅華答應說：「我不去找他們就是了。小莉，你冷靜一下吧。」

「冷靜什麼啊，」鄭莉吼了起來：「我還不夠冷靜嗎？你不要再跟我廢話了，我現在聽到你的聲音心裏就煩。」

「傅華，」這時，手機的聲音再次變成徐筠的，她說：「你就先什麼都不要說了好嗎？你越說小莉越反感。這樣，我先帶她們母子住到我那裏去，什麼事都等先度過這段時間再說。好嗎？」

傅華無奈地說：「好的，筠姐，就麻煩你幫我照顧好她們了。」

徐筠說：「這你就不用交代了，我自然會照顧好她們的。」

徐筠掛了電話，傅華立即衝出房間，他急著回去看看究竟方晶寄了什麼樣的照片給鄭莉。

回到家，鄭莉和徐筠已經不在了，在客廳的茶几上，傅華看到方晶寄給鄭莉的照片。一看，傅華果真有欲哭無淚的感覺。照片的女主角換成了方晶，都是方晶跟他在做那種事的不雅照片。

不同於跟湯曼的版本，這些照片上的動作都是真刀實槍玩真的。照片上，方晶身無寸縷的坐在他身上，瞇著眼睛，一副極爲陶醉的樣子，任誰看到這些照片，都會相信照片上的兩個人是兩情相悅的。

傅華將照片狠狠地摔到茶几上，一屁股坐在沙發上，此刻他才明白，方晶不僅是想毀掉他的工作，更想毀掉他的家庭。

任何一個正常女人看到這些照片，都不會原諒做出這種事情的丈夫的。更何況是鄭莉這種自尊心極強的女人。這些照片將會一輩子留在鄭莉的腦海裏，他想得到她的原諒，幾乎是不可能的了。

傅華拼命的回想，還是一點都想不起來那晚他跟方晶做過這些事，他把照片翻了過來，其中一張照片上，方晶還寫了幾句話：

「鄭莉，你看到這些照片的時候，也許無法接受這照片上發生的事，但是我想告訴你的是，我和傅華兩情相悅很久了，只是礙於你的存在，傅華才一直不肯接受我。現在我要回澳洲了，這輩子都可能不會回來，臨別之際，我們倆就做了這些荒唐事。這些照片是我拍下來留作紀念的，這對我來說是最美好的記憶，我會珍藏一輩子的。你放心，我並無意將他從你身邊奪走，擁有過他這一次，我已經心滿意足了。再見了，祝你跟傅華過得幸福。希望你不要生他的氣。方晶。」

看到這裏，傅華真是無語了，難怪鄭莉會說他不是無心的過錯，方晶這些話根本就是在暗示他們情投意合，鄭莉反倒是他和方晶之間的絆腳石。

他徹底掉進了這個女人精心設計好的陷阱中，想要爬出來，陷阱裏卻沒有一處可以著力的地方。

傅華坐在那裏，久久無法動彈，他腦子一片混亂，不知道該做什麼了。房間的空氣中還留著傅瑾身上那種嬰兒的奶香味，但是他卻想不出一點辦法能將傅瑾和鄭莉請回來了。

手機的鈴聲猛地響了起來，在這寂靜的空間裏顯得分外的刺耳，傅華半天才反應過來是他的手機，拿出來看了一下，是趙凱的號碼。

一接通，趙凱的聲音從手機那邊傳來，說：「傅華，你的事我已經知道了。」

聽到趙凱慈祥的話語，傅華再也難以克制住自己的情緒，失聲痛哭起來。

這幾天他承受著來自各方的壓力，所有人都不理解他，他心中的委屈到了難以承受的極點，就像一個過度膨脹的氣球，而趙凱這句話就像刺破這個氣球的針，讓他頓時砰一聲爆炸了。

半天傅華才止住哭聲，哽咽著說：「爸爸，小莉和傅瑾都不要我了。」

趙凱安慰說：「你別這樣，傅華，我知道你很難過，但是哭解決不了問題，你先告訴我，究竟是怎麼一回事啊？」

傅華就講了整件事的來龍去脈，方晶是怎麼對他由愛成恨，又是怎麼設計他的。

講完之後，傅華的情緒因爲得到發洩而平復了很多，他說：「對不起啊爸爸，我知道小婷今天拿到了離婚判決，本來是應該替她高興的，現在我這麼一攪，肯定是掃了您的興致了。」

趙凱說：「我高興什麼啊，離婚本來就不是什麼值得高興的事，我還沒開放到那種程度。傅華，小婷跟我說你的事時，我還沒想到會嚴重到這種程度。不過，你也不要太著急了，小莉現在是在氣頭上，難免會說一些過頭的話，你也不要去逼她原諒你，你越逼她，她恐怕會越生氣。她暫時搬出去也好，這樣她就有了冷靜的空間。我瞭解你們的感情，冷靜下來之後，她就會想起你的好處了。」

傅華懷疑地說：「真的能嗎？小莉今天的話可是說得很決絕。」

趙凱勸說：「女人的話你不能太當真的，她們失去理智的時候，什麼樣的狠話都能說的出來，等過了氣頭上就好了。你也別在家裏悶著了，小心悶出毛病來。來我這裏吧，跟我聊聊，紓解一下情緒。」

傅華想想也是，家裏現在就他一個人，他留在這裏，也是坐困愁城，什麼辦法都沒有，還不如去趙凱那裏，跟趙凱聊聊，起碼有人在身邊說話，就不需要面對這麼寂靜的環境了。

傅華就去了趙凱家，趙婷看到傅華，過來抱了他一下，說：「傅華，你別著急，鄭莉總會明白你對她的感情的。」

傅華苦笑說：「小婷，你不用安慰我了，我現在是不是看上去很狼狽啊？」

趙婷搖搖頭說：「不，你不應該被打倒的，你在我眼中，始終是一個扛得住任何事情的男人。」

傅華嘆說：「這次我真是有點扛不住啦。以前工作上遇到事情，我知道身後有家人在支持我，我就可以挺起腰桿迎戰。但這次不同，你知道，我有一種腹背受敵的感覺。小莉帶著孩子離開我，讓我不知道還有什麼能夠支撐我挺起腰桿的力量，讓我感覺到從未有過的疲憊。」

「這樣你就受不了了？」趙凱這時從書房裏走了出來，笑著說。

傅華點點頭說：「我現在工作、家庭都走入了困境，爸爸，你說我該怎麼辦呢？」

趙凱說：「你讓我說怎麼辦，我只能告訴你我也沒辦法。但是你要明白，人生就是這個樣子。什麼是人生？就我看來，就是過得了一天是一天，你過了這一關，還有下一關在等著你，眼下你會覺得這些事情都很難，但是過下去，你就會發現其實這也沒什麼。」

趙凱的話跟徐筠的話異曲同工，他們的意思都是想勸傅華把事情暫且放一放。傅華雖然也覺得這樣很有道理，可是又擔心如果置之不理，鄭莉會不會覺得他不在乎她了？那樣反而會讓他和鄭莉更加漸行漸遠。

傅華便說：「爸爸，我擔心拖下去，小莉會更生我的氣，我可能更難跟她和好了。」

趙凱聽了說：「我知道有那種可能，但是你不拖下去，難道有更好的辦法嗎？」

傅華苦著臉說：「還真是沒有，現在小莉在氣頭上，連話都不願意跟我說，我根本就沒辦法跟她溝通。」

趙凱說：「那你也只有等下去了。傅華啊，其實我遭遇過比你現在還要困難的境地，那時候我以為自己撐不下去了，以為什麼都失去了。可是睡了一覺之後，我又覺得沒什麼，就算破產了，我還是可以重頭再來過的。你現在雖然陷入困境，但也沒到我那個份上。你問我怎麼辦是嗎？我告訴你，今天先吃頓好的，回去再好好睡一覺，明天再來想怎麼解決這些難題。」

傅華笑了，趙凱說的辦法雖然無助於他解決難題，卻對他的情緒有很好的平復作用，就點點頭說：「爸，我聽你的。」

趙凱笑笑說：「就是嘛，天還沒塌下來呢。」

三人就去客廳坐了下來。

傅華問趙婷說：「小婷，你的離婚判決下來了，John的反應如何啊？」

趙婷說：「他還能什麼反應？當然是很生氣了。你不知道法庭宣判的時候，他直指著法官大罵，說法官是受了爸爸的賄賂才會這麼判決的。」

趙凱嘆了口氣，說：「我真看不慣John這副樣子，一點都不像個男人。你對判決不滿意，可以上訴啊，大罵法官算是怎麼一回事啊！遇到這樣一個人，我真是頭大。」

傅華勸說：「爸，你也別生氣了，現在事情總算是出現了轉機，你應該高興才對。」

趙凱搖搖頭說：「我高興什麼啊？傅華你看看，小婷都這把年紀了，不但沒有一個好的歸宿，還要我出面幫她解決問題，我怎麼高興得起來啊？」

趙婷瞪了趙凱一眼，說：「爸爸，我沒出息總行了吧？傅華已經夠煩的了，你就別再說這些了好嗎？」

趙凱這才說：「好，我不該說這些，今天就吃飯，不說煩心的事了。」

在趙凱家吃了豐盛的一餐之後，傅華並沒有回家去，他不想回家，家裏面冷冷清清的，回去了也是一個人。他去了海川大廈，他開的房間還沒退掉，就在那裏休息了一晚。

這一晚，傅華的情緒已經平復了很多，他知道光煩惱也是於事無補，索性把這些先都放下，這一晚倒真像趙凱所說的，睡了一個好覺，這也是出事之後，他睡的第一個舒服覺。

早上起來，傅華輕鬆了許多，只是整天無所事事，讓他全身不對勁。人真是矛盾，忙碌的時候，傅華總想著什麼時候可以放個大假，躺在家裏什麼都不做，一旦真的閒下來，他卻不知所措，他才發現這種日子並不如想像中的美好。

第九章

最後一根稻草

鄧子峰認為呂紀不應該為了維護面子，
在明知莫克沒有能力的情況下，仍然想要把莫克扶持起來。
雲泰公路項目很可能成為壓垮莫克的最後一根稻草，
因為讓一個不能掌控局面的人主導這麼大一個項目，是件很可怕的事。

海川市委，莫克辦公室。

此刻的莫克狀態並不好，他的臉色發黑，根本打不起精神來。自從他知道方晶偷跑回澳洲之後，他就沒有再睡過一個好覺了。

每每在深夜，他都會夢到兩名身穿檢察院制服的男人走到他面前，向他出示一張逮捕證，說：「莫克，你因涉嫌受賄罪被依法逮捕。」錚亮的手銬就喀地一聲銬在了他的手腕上，他就從睡夢中驚醒。

醒來，莫克發現他被這個夢嚇得渾身都濕透了，再也難以入睡，只能在恐懼中熬到天亮。

上午十點多，他忙完早上的工作，忍不住打了個哈欠，睏意上來，他很想睡一下。正當莫克迷迷糊糊，有些睜不開眼的時候，秘書敲門進來，說中鐵五局的劉總來了，想要見他。

莫克此刻最不想看到的就是劉善偉，看到劉善偉，他就會想起方晶，想起方晶，他就有一種又恐懼又生氣的感覺。

但是莫克也不敢不見劉善偉，劉善偉是付過錢給他的，他對劉善偉就有一定的義務。雖然方晶把錢席捲一空，但是莫克應該承擔的義務卻無法就此擺脫。

這也是莫克不願意見到劉善偉的原因之一，他明明一分錢都沒花到，卻不得不為了這些他沒花到的錢幫劉善偉做事，這讓他心裏特別的不平衡，更加來氣。

莫克衝著秘書揮了揮手，說：「請劉總進來吧。」

劉善偉笑著走了進來，說：「莫書記，您在忙什麼，我來沒打攪您吧？」

莫克雖然心中不舒服，臉上卻很快堆出笑來，跟劉善偉握了握手，然後說：「也就瞎忙嘛，請坐，請坐。」

兩人去沙發上坐了下來，劉善偉說：「莫書記，我們中鐵五局很感謝貴市對我們公司的信賴，把一半的工程交給我們去做。」

莫克說：「劉總不要這麼說，你們中字頭的公司實力雄厚，在評標中，你們的分數最高，不把工程交給你們來做，又能交給誰來做啊？」

劉善偉笑笑說：「不管怎麼說，這也是您和貴市領導們的信賴，我們還是很感謝的。」

莫克說：「劉總不要這麼客氣了，你找我，有什麼事情嗎？」

劉善偉就拿出一張請帖，說：「莫書記，過幾天我們有一個開工儀式，我專程給您送請帖來了，您到時候可要賞臉光臨啊。」

莫克接過請帖，笑了笑說：「謝謝劉總邀請我，我到時候一定去。」

劉善偉笑笑說：「那我先謝謝了。」

按說請帖已經送到，莫克也答應了會去，劉善偉就應該起身離開了，但是劉善偉絲毫沒有站起來要走的意思，反而拿著茶杯在那兒把玩著。

莫克不知道劉善偉賴著不走究竟是什麼意思，就問道：「劉總，你還有別的事情嗎？」

劉善偉看了一眼莫克，說：「莫書記，您這裏說話方便嗎？」

莫克愣了一下，有點不明所以，不知道劉善偉爲什麼會這麼問，就回道：「方便啊，怎麼了，劉總？」

劉善偉說：「有件事很奇怪，我必須跟您親自落實一下。」

莫克緊張了起來，說：「什麼事啊？」

劉善偉說：「我打不通路橋建設諮詢公司方總的電話，鼎福俱樂部也換了老闆。莫書記，您知道這是怎麼一回事嗎？」

莫克心裏咯登一下，心說他怎麼疏忽了這一點了，劉善偉和張作鵬都是透過方晶跟他建立的聯繫，這些人再要找他辦什麼事，還是會習慣性的聯繫方晶。現在方晶人不見了，劉善偉和張作鵬心中難免會產生疑問的。

事情這樣子發展下去可是有點不妙，這倆傢伙都付了錢，找不到人肯定會擔心其中有什麼變故。不能讓他們有這個疑慮，否則很容易就會出事的。

莫克就笑了笑說：「哦，你說這個啊，不好意思，劉總，我忘記跟你說了，方總是澳洲的公民，有事情回澳洲了。」

劉善偉用懷疑的眼神看了看莫克，他很擔心方晶突然出國是莫克安排出來的一個圈套，便說：「那她什麼時候回來啊？」

莫克心裏苦笑著說她不會回來了，我也正爲這個頭痛呢。面上卻鎭定地說：「她一時半會兒回不來，她在那邊有些商業上的事需要趕回去處理。」

劉善偉有點急了，他說：「一時半會兒回不來，那……」

「你不用擔心，」莫克一擺手，打斷了劉善偉的話，說：「正式的工程合同都已經簽了，一切都上軌道了，也無需諮詢公司再幫你們提供什麼諮詢服務。以後工程上的事，你直接找我就行了。我會幫你安排好的。」

劉善偉這才笑說：「有莫書記您這句話，我就沒什麼好擔心的了。」

劉善偉原本是擔心莫克和方晶出了問題，雖然他事先見過莫克，莫克也當面承諾他了，但是錢是付給方晶的諮詢公司，如果此刻莫克賴帳，不承認這回事，那他還真是拿莫克沒什麼辦法。

如果那樣，一大筆錢已經付出去了，工程卻做不起來，麻煩就大了。所以劉善偉在幾次打電話找不到方晶時，就有點緊張了。

萬幸的是，莫克給了他很滿意的答覆，讓他知道他們之間的承諾還是有效的，那他也就無需擔心什麼了。不僅不用擔心，劉善偉還認爲方晶這時候離開國內，一定是莫克安排的，好避開他人注意的一著好棋。

方晶是莫克受賄的中間環節，這個環節消失了，別人就無法將他們直接聯繫起來了，那樣對莫克、對他，都是一件樂見的事。畢竟他們一個是市委書記，一個是國有公司的總經理，都有官員的身分，如果事情敗露，可是構成行賄受賄罪的。所以少了方晶這個敏感的人，危險也相對少了許多。

然而，劉善偉並不知道事情跟他想像的是天差地遠，也絲毫沒意識到危險已經臨近，因此在莫克做出承諾後，就高興的告辭了。

送走劉善偉，莫克的臉馬上就沉了下來，現在還有張作鵬的問題需要趕緊解決。張作鵬比劉善偉要麻煩。不同於劉善偉的是，張作鵬跟他的聯繫一向是透過方晶，兩人到現在為止還沒有直接對過話呢。

莫克必須趕在張作鵬知道方晶不見之前，先知會張作鵬一聲，這樣張作鵬就不會懷疑什麼了。

好在他知道張作鵬的電話號碼，莫克拿出手機，撥了張作鵬的號碼。

張作鵬很快接通了電話，似乎對莫克直接打電話給他感到有點納悶，說：「莫書記，怎麼這麼好，突然想起打電話給我老張了？」

莫克笑了笑說：「是這樣子的，張董，方晶現在回澳洲去了，一時半會兒不會回來，以後貴公司在雲泰公路項目上有什麼事情需要幫忙的話，反正你也有我的電話，直接找我就行了。」

張作鵬十分意外，停了一下才反應過來，說：「我明白莫書記的意思了。咦，方老闆怎麼突然去澳洲了？」

莫克解釋說：「她在澳洲有些商務上的事情需要趕回去處理。你放心，張董，她不在，我自己幫你處理也是一樣的。」

張作鵬笑說：「那倒是，不僅一樣，少了一道環節，反而更方便了。莫書記，既然這樣，哪天一起出來喝頓酒吧，大家湊在一起熱鬧一下。」

莫克不好拒絕，相反，他還要作出一副輕鬆的姿態給張作鵬看，才能避免讓張作鵬有所懷疑，就笑笑說：「張董不會是又想灌我的酒吧？」

張作鵬聽了，笑說：「不敢不敢，我只是想跟莫書記多親近親近。」

莫克說：「有些東西無需做在表面，你的情我心領了。現在你做雲泰公路項目，我跟你走得太近，別人會有閒話，那樣真正你需要幫忙的時候，我反而不好說話了。所以表面上我們還是保持距離的比較好。」

張作鵬心說：這傢伙錢都收了，還繼續裝，便說：「行啊，莫書記，您說什麼就是什麼，我都聽您的安排。」

莫克就說：「你別介意啊，張董，我這麼做也是爲了大家好。行了，我就不跟你多聊了，需要幫忙的時候，給我打電話吧。」

張作鵬說：「那行，您忙吧，我就不打攪了。」

莫克掛了電話。雖然張作鵬知會到了，但是莫克還是一點都輕鬆不起來，臉上一臉的鬱悶表情。心想：早知道自己還是要親上火線跟張作鵬聯繫，當初就直接把工程給張作鵬算了，也省得落入方晶的陷阱裏。

唉，這世界上的女人真是不可信。自己遇到朱欣已經夠倒楣的了，沒想到朱欣還是小兒科，真正狠的是方晶這種蛇蠍美人，我莫克這輩子倒楣就倒楣在女人身上啊。

莫克在心中狂喊：老天爺，你要捉弄我多久啊，你是不是非要把我給弄瘋了才算數啊。

北京。

又在家裏悶了一天，傅華感覺自己快要悶出病來了，他在家裏轉來轉去想找點事情做的時候，手機響了，他看都沒看是誰就接通了。

「你好。」

「在家裏做什麼呢，傅先生？」電話那邊傳來謝紫閔的聲音。

傅華沒想到謝紫閔會在這個時候打電話來，十分詫異，也有些彆扭，發生豔照這種事，讓他本能的對女人有所防範起來，再說，他也搞不懂爲什麼謝紫閔會打電話來。就說：「是你啊，謝小姐。」

謝紫閔打趣說：「當然是我了，怎麼，不高興這個電話是我打來的？」

傅華笑了起來，說：「怎麼會，我現在成天都盼著有人給我打電話呢，又怎麼會不願意你打來呢。你既然知道我現在在家裏，那你就應該知道我最近發生了什麼事了。」

謝紫閔笑說：「你是說網上的豔照啊，我是看到了，實話說，你的身材還不錯嘛，經常運動鍛煉吧？」

謝紫閔竟然拿他的身材開起玩笑來了，傅華又尷尬又好笑，苦笑說：「謝小姐，不知道你這是誇我呢，還是損我啊？」

謝紫閔笑笑說：「好啦，跟你開個玩笑罷了。傅先生，估計這幾天你在家裏也悶壞了，出來跟我吃頓飯，透透氣吧。」

傅華以爲謝紫閔這時候找他，是想趁機再拉他去雄獅集團，便不太想去吃這頓飯，於是說：「謝小姐，既然你知道發生了什麼事，你不覺得你再跟我談加盟你們雄獅集團，有點不是時候嗎？」

謝紫閔聽了說：「傅先生，你不要這麼敏感好不好？除了工作之外，我們就不能作爲朋友出來吃頓飯了？還是你因爲出了那種事，對所有的女人都害怕了？」

傅華笑說：「我是不怕女人啦，不過我擔心很多女人會拿我做色狼看待的。」

謝紫閔說：「你這話說的倒也不假，你那幾張照片的樣子確實很像色狼。」

傅華開玩笑說：「你對照片這麼熟悉，不會是專門研究過吧？」

謝紫閔哈哈大笑了起來，說：「被你猜中了，我確實是研究過你的照片，不瞞你說，我還將那些照片給列印了出來，保存著呢。」

傅華越發尷尬了，對他來說，照片被看是一回事，被人保存下來又是另外一回事。這讓他有再次被扒光的感覺。便冷冷地說：「想不到謝小姐還有這種癖好。」

謝紫閔感覺到傅華語氣的變化，便說：「傅先生，你不高興了？你不會這麼保守吧？就幾張照片罷了。」

傅華冷淡地說：「我不是保守，只是我不知道要怎麼去面對一個保留著我沒穿衣服照片的女士？你讓我感覺就像沒穿衣服一樣，這令我很不舒服。」

謝紫閔笑說：「是這樣啊，其實我沒別的意思，就是覺得好玩而已，我很少能拿到朋友的這種照片的。好了，別這麼小氣了，如果你覺得被冒犯了，那大不了我把照片銷毀就是了。」

傅華這時意識到謝紫閔跟他想的可能有點差異。謝紫閔接受的是西式教育，行事作風都很洋化，道德觀念肯定跟他不一樣，看在他眼中是件很羞恥很嚴重的事，但是在謝紫閔眼中，可能不過是件可以拿來開開玩笑的好玩事而已。也許他真的有點小題大做了。

傅華便說：「算了，銷不銷毀也無所謂了，反正那些照片已經被很多人看過了，只不過我這幾天被搞得焦頭爛額的，再聽你這麼說，反應就難免有點過度了。」

謝紫閔笑說：「這麼說，你不怪我了？」

傅華說：「我怪你幹嘛，這件事又不是你搞出來的。」

謝紫閔聽了說：「就是嘛。既然你不怪我了，那就出來跟我吃頓飯吧。」

傅華這幾天實在也悶壞了，就說：「好吧，你說去什麼地方吧。」

見傅華答應了，謝紫閔高興地說：「我們去牛街吧，前些天我一個朋友帶我去過，『聚寶源』的涮羊肉真是很棒啊。」

北京的牛街，位於北京宣武區，北起北京廣安門內大街，南至白廣路大街，是一條歷史相當悠久的街道，這裡的居民主要是回族，這條街也因為有牛街禮拜寺而聞名於世。回族向來以善於烹飪牛羊肉著稱，牛街上就有不少製作牛羊肉美食或小吃的地方。而「聚寶源」是牛街上吃涮羊肉最好的地方。

「聚寶源」是老北京人的最愛，傅華沒想到精明幹練的謝紫閔竟然會喜歡這一口，便笑說：「謝小姐，我沒想到你會愛吃這個。」

謝紫閔聽了說：「怎麼，傅先生，我就只能喜歡喝咖啡吃甜點啊？」

傅華笑了笑說：「那也不該是吃涮羊肉啊。北京人說，涮羊肉是講吃不講分兒的。」

謝紫閔愣了一下，說：「這是什麼意思啊？」

傅華說：「這是北京話，分兒就是身分架子的意思。北京人認爲涮羊肉好吃，但卻沒什麼身分講究的。」

謝紫閔笑笑說：「好吃就行了，講什麼身分啊！」

傅華說：「不過，我還是沒辦法想像看到你涮羊肉時，身後站著兩個保鏢的樣子。」

謝紫閔笑了說：「我知道你就是不想看到我帶保鏢嘛，我不帶就是啦。」

傅華說：「那在『聚寶源』見了。」

傅華就收拾了一下，開車去了「聚寶源」。

等了好一會兒，謝紫閔才到，她果真一個人來，沒帶那兩名雄糾糾氣昂昂的壯女保鏢。

坐定後，傅華好奇地說：「謝小姐，我有點納悶啊，很多人這時候對我避之唯恐不及，連我老婆都氣得搬了出去，你卻要請我吃飯。我十分好奇你究竟是怎麼想的，不會是真的想來看色狼長什麼樣子的吧？」

謝紫閔忍不住笑說：「當然不是了。傅先生，看來你對那些照片還真是很介意啊。」

傅華說：「當然介意啦，正是因爲這些照片，我才被停職的，也是因爲那些照片，我老婆到現在都不肯原諒我。誒，謝小姐，你不要告訴我，在新加坡，你們對這個根本就不在乎啊。」

謝紫閔說：「那倒不會。新加坡基本上也是華人社會，對這種事也是很介意的。」

傅華問：「既然介意，那你怎麼還要請我吃飯呢？」

謝紫閔笑說：「那是因爲我相信你不會做出照片上的事，我知道你是被人設計了。」

傅華不禁看了謝紫閔一眼，說：「想不到你竟然這麼相信我，那些照片可是照得很清晰啊。」

謝紫閔說：「就因爲很清晰才很奇怪，一看就知道那是刻意拍的。從拍攝角度來看，我注意到一定還有第三者在場，你這個人我雖然只接觸過幾次，但是我知道你還沒有開放到在做那種事的時候，還能讓第三者旁觀的程度。而且你是政府官員，真的做這種事，避人耳目都來不及了，是不會讓人看到的。基於以上兩點，我就認定你是被人設計了。」

傅華點點頭，讚賞的說：「謝小姐不愧是雄獅集團派來的精英，看問題視角獨到，一針見血。」

謝紫閔笑了笑說：「好了，別給我戴高帽了。我們今天只是來吃涮羊肉的，不談別的事好嗎？」

傅華說：「沒想到今天倒是我先犯規了，好，我們只談吃，不談別的。」

謝紫閔高興地說：「這就對了嘛。來，我們先吃這個手切羊肉，這可是這裏的招牌

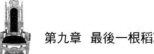

菜，上次帶我來的朋友說這是鎭店之寶，吃起來確實不錯，綿軟深厚，肉香滿嘴，令人有實實在在的滿足感。」

傅華聽了，笑說：「這個無需你介紹，我也做了幾年的北京人，這裏有什麼好吃的，該我介紹給你才對。」

謝紫閔笑說：「那是我班門弄斧了。既然你是老吃家了，那我正好有問題請教你。」

傅華說：「什麼問題啊？」

謝紫閔說：「火鍋我也吃過不少，包括川味的痲辣火鍋，我們新加坡的海鮮鍋，可是我都覺得沒有北京的這種火鍋好吃，怎麼說呢，有一種特別的清香味，我看這湯很清，似乎沒什麼特別的，這是爲什麼呢？」

傅華笑了，「這是你不瞭解涮羊肉的方式，涮羊肉講究木炭銅鍋，正因爲這兩樣的巧妙結合，才使得肉在鍋內經過涮煮後，有另外一分味道。清湯的目的正是爲了突出肉的鮮香，不想讓湯的味道喧賓奪主。再說這羊肉吧。」

傅華說著，伸出筷子夾了一片肉，說：「涮羊肉對肉的要求很高，你看這肉，肥瘦的比例恰到好處，一看就是上好的羊肉，不像其他地方，肉質不好可以藉由提味的高湯騙人。」

謝紫閔點了點頭說：「原來是這樣子啊。」

傅華又說：「謝小姐，除了羊肉，這裏還有幾樣吃食很不錯，你吃過沒？」

謝紫閔說：「你說的是這裏的燒餅吧？這裏的燒餅確實不錯，個頭不大，但香酥可口，上面的芝麻吃到嘴裏，真是滿口餘香啊。」

傅華笑笑說：「還有一樣，炸窩頭片沾臭豆腐，炸好的窩頭片蘸上厚厚的一層臭豆腐，那個滋味可真是香啊。」

謝紫閔眉頭皺了起來，說：「傅先生，這個我就不領教了，臭豆腐我還真是承受不起，太臭了。」

傅華笑說：「其實只是聞著臭，吃起來很香的，試試吧。」

謝紫閔趕忙搖手說：「這個就免了。我總還是美女一枚，讓人聞著臭哄哄的，我可受不了。」

傅華笑了起來，「既然你不敢嘗試，那就算了。」

接下來，傅華和謝紫閔邊吃邊聊，這頓飯吃得十分過癮。這算是這幾天傅華吃得最愉快的一餐了。

吃完之後，謝紫閔就說：「那傅先生，我們就各奔東西吧。」

傅華感激地說：「謝謝你陪我吃這頓飯，我吃得很愉快。」

謝紫閔擺擺手說：「謝什麼啊，我也吃得很愉快，好啦，不跟你聊了，先走一步啦。」

謝紫閔就先行離開了，傅華在背後看著她，心說這個女人還真是會把握分寸，雖然她做這些最終可能還是在為了請他去雄獅集團工作做鋪墊，但是做的沒有一絲一毫讓人感覺到不舒服的地方，這正是謝紫閔高明的地方了。

現在的女人真是一個比一個出色啊。也許在她手底下工作會是一件很愉快的事。要不要真的離開駐京辦去雄獅集團呢？

傅華心中不禁有點動心，在目前這種狀況下，也許去雄獅集團，他不需要再糾纏在官場的博弈之中，眼下的困境就可以得以解脫。更何況雄獅集團是一家很有實力的公司，他去了也許真能大有可為。

不過就算真的要去，他也得等豔照事件告一段落才行，不然海川市也不會放他離開。只是什麼時候才能告一段落，傅華心中也沒數，不把方晶找出來，這件事是無法查個水落石出的，莫克會不會緊咬著這件事不放，不讓他復職，這都很難說。

這些還在其次，關鍵是怎麼讓鄭莉原諒他，讓生活恢復到原來的樣子，這才是目前傅華急需要解決的問題。

這幾天鄭莉的態度並沒有軟化下來，相反，就連他跟徐筠多聊幾句，鄭莉也會讓徐筠趕緊掛斷電話，一副不想給傅華任何機會的樣子。

傅華從沒想到一向理智的鄭莉，竟然會這麼絕情，就像他犯了十惡不赦的大罪一樣，完全不給他翻身的機會。

在挽回鄭莉這件事上，傅華現在孤立無援。本來在鄭莉面前最有說服力的是鄭老夫婦，偏偏鄭老的身體狀況很差，不但鄭莉擔心，傅華也很擔心，因而他也不敢去驚動他。

至於鄭莉的父親鄭堅，傅華更不敢去找了。這次鬧出這麼大的事情來，鄭堅沒有找上門來質問他已經很不錯了。傅華猜想一定是湯言在鄭堅面前幫他解釋過了，不然按照鄭堅的脾氣，他早就衝上門來揍他了，因此傅華並不敢奢求鄭堅會幫他做鄭莉的工作。

傅華現在真的是只能等待了。但是等待的滋味十分不好受。傅華不知道什麼時候才能等來鄭莉的回心轉意。

另一個傅華沒等來的人是金達，事情過去這麼多天，金達始終沒有跟他有任何聯絡，就好像他們之間只是很冷淡的上下級關係，根本就不存在什麼友誼。

傅華這幾天一直在想金達爲什麼會這麼對他？就算金達怕跟莫克發生衝突，也不至於連個打來問情況的電話都沒有吧？

時間一天天的過去，傅華對金達的怨氣也在一天天的累積著。

相比起金達來，曲煒就有人情味多了。曲煒在一個熱門的論壇上看到傅華的豔照，立即打電話來，問傅華是怎麼一回事。

傅華作了解釋，說自己是被人陷害的。曲煒倒是沒有不相信他，也提到鄧子峰，說鄧子峰很關心他目前的狀況，也相信他不會做出這種事情來。

雖然鄧子峰跟傅華並沒有時常聯繫，他這個省長事務繁忙，也沒時間跟傅華保持密切的聯繫，但是鄧子峰私下卻一直都在關注著傅華的情況。也因爲傅華的關係，鄧子峰一直很注意海川市的狀況，關注海川的官員和政壇發生的事。

鄧子峰對莫克主政以來海川的發展很不滿意，也很看不慣莫克和金達的作風。這倒不是說因爲莫克和金達是呂紀的嫡系人馬，而是這兩人的行事風格讓他感覺很彆扭。

在鄧子峰看來，莫克並不具備做一個市委書記的能力，他沒有那種市委書記應該有的能夠掌控全局的能力，還鬧出老婆跟競標單位私下見面的醜聞來，甚至有向競標單位收取回扣的傳聞。

而市長金達沒有絲毫的抗爭，什麼都跟莫克亦步亦趨，海川市委、市政府兩套班子竟然出現了很罕見的和諧和團結。但鄧子峰知道這種和諧是表面上的，他看到這種和諧下面隱藏著許多問題。

之前張琳的離開，根本上就是因爲跟金達的衝突，是金達的強勢逼走了前任市委書記。也就是說，金達並不是溫順的綿羊，而是一隻桀驁不馴的猛虎。現在猛虎變成了綿羊，鄧子峰覺得並不是莫克的能力馴服了金達，而是金達受到了某些方面的壓力才隱忍屈服的。

而這個某些方面的壓力不是來自別人，正是來自於省委書記呂紀。莫克之所以能夠成爲海川市的市委書記，完全是因爲呂紀的推薦，金達之所以不敢反抗莫克，可能也正因爲這一點。

這讓鄧子峰對金達有了看法，他覺得金達這個人欺軟怕硬。張琳沒後臺，金達就敢跟他直接衝突，逼走他；莫克有後臺，他就亦步亦趨。原本因爲傅華在他面前說了金達不少好話，鄧子峰初來東海時，對金達的印象還不錯，但現在看來，根本就不是這麼一回事。

特別是當他看到傅華兩次被莫克整治，金達卻沒有站出來幫傅華說話，更讓鄧子峰對金達的印象整個大逆轉。

當初他在傅華面前說要調查金達違規放行高爾夫球場的時候，傅華可是幫金達說了很多的好話。現在明明傅華有委屈，換傅華需要金達的支持了，金達卻因爲畏懼一個市委書記而一聲不吭。

鄧子峰並不想評判這件事金達做的是對是錯，但他感覺傅華是信錯了金達這個朋友。官場上從來不乏善於趨炎附勢，或者說好聽點，叫做審時度勢的人，這個鄧子峰可以理解。但是這裏面總有一個分寸存在，如果你真心維護的人在關鍵時刻卻不肯出來幫你說句話，是很令人寒心的。

特別是傅華並不是犯了多大的錯誤，在鄧子峰看來，金達就算是站出來爲傅華說幾句公道話，也沒什麼大不了的，並不至於會跟莫克形成一種勢不兩立的矛盾。而當初金達跟張琳衝突的激烈程度，卻可以用勢不兩立來形容。

就說這一次的豔照事件吧，鄧子峰一看就知道有問題，明顯看得出來是被人擺弄拍的，傅華不是傻瓜，還沒蠢到會任由別人拍攝這種照片，這麼明擺著的事，金達仍不去跟莫克抗爭，鄧子峰真不知道他是怎麼想的。

但是曲煒就不同了，曲煒明顯是很維護傅華的。

鄧子峰在看到照片後，就把曲煒找來，問道：「老曲，這件事你怎麼看？」

曲煒笑說：「這些照片我知道，傅華是絕對不會做這種事的。」

從這句話，鄧子峰就知道曲煒和傅華間與傅華和金達間的關係根本就是兩種不同的對比。曲煒對傅華是真正的信賴，而金達對傅華更多的是在利用了。

鄧子峰笑了笑說：「是啊，我也覺得傅華不會做這種事，只是不知道他為什麼會這麼不小心被人算計了。」

曲煒說：「是啊，這個回頭我要說說他，北京那地方本就很複雜，作為政府官員，他應該更謹慎小心一點才對，他也不該隨便出入照片上這種娛樂場所的。」

鄧子峰認同說：「你說說他也好，再是你跟他說，他是一個很有才華的幹部，政壇本就是是非之地，我可不希望他別的方面都沒問題，卻栽在自己的不謹慎上。」

鄧子峰始終認為傅華是個可堪大用的人才，如果不是傅華堅持要留在駐京辦，他早就想辦法把他弄到省政府來了。

現在的鄧子峰已經不是初到東海時的樣子了，他利用孟副省長暫時的頹勢和他身爲省長掌握的資源，已經在東海打下了自己的基礎，雖然還不能說跟呂紀抗衡，但是出面維護傅華這種級別的幹部，他還是能夠做得到的。

再是在這時候表明一種支持傅華的態度，對鄧子峰也有好處，不但可以籠絡傅華，另一方面也是在示好曲煒。雖然曲煒和莫克、金達都算是呂紀的嫡系人馬，但他們之間也不是鐵板一塊的。鄧子峰相信曲煒對莫克這麼不給情面的對付他的愛將，心中也不會一點芥蒂都沒有的。

現在東海的形勢很微妙，呂紀似乎利用孟副省長前段時間老部下出事敲打了孟副省長，以孟副省長爲首的本土勢力對呂紀的質疑之聲低了很多；另一方面，莫克也在這次雲泰公路招標過程中，給了鵬達集團的張作鵬一部分工程做，東海政壇上，誰都知道他是孟副省長的人，似乎表明呂紀一方的勢力，跟孟副省長的本土勢力有往一起靠近的趨勢。

這點對鄧子峰來說很不利，他不希望發生這種情況。他在三方勢力中本來就不是強者，另外兩方越是合作，他的勢力空間就會越被壓縮。爲了圖存，每一個可利用的人、每一個可利用的機會他都要儘量利用起來，更別說像傅華和曲煒這種可用之才了。

只有這樣，鄧子峰才能夠在呂紀和孟副省長之間爲自己擠出一個空間來，讓他在東海政壇上有立足之地，否則他這個省長就只能被呂紀和孟副省長架空，毫無作爲了。

另一方面，鄧子峰已經感覺到，雖然呂紀極力想要維護莫克這個市委書記，但是莫克卻是一個爛泥扶不上牆的傢伙。呂紀一定會在莫克身上栽個大跟頭的。

不說別的，就說這次的雲泰公路招標吧，雖然表面上看好像很公平公正，但是內裏的貓膩，明眼人一看就知道。

莫克在敏感時期讓一個叫方晶的女人高調的在海川露面，這個女人還突然搞了一家路橋建設諮詢公司，不用說，誰心裏都清楚這家諮詢公司究竟是幹什麼的。

莫克做這種雪裏埋死屍的手法，想要不出問題都很難。而這次傅華的豔照事件，據說也是發生在方晶做老闆的鼎福俱樂部，鄧子峰就很懷疑這件事是莫克聯手方晶搞出來的。也許莫克是因爲什麼原因覺得傅華礙眼，便跟方晶聯手設計陷害了傅華。

這個豔照的出現已經很蹊蹺了，更離奇的是，北京方面傳來消息，豔照事件出來後，方晶馬上就飛去了澳洲。鄧子峰更覺得方晶這麼做是在莫克的授意下，要將兩人聯手攫取的非法利益轉移到國外去。

這些事證讓鄧子峰覺得莫克的出事是指日可待的，憑莫克的本事，很難將雲泰公路的工程處理的滴水不漏，一旦出現問題，他通過諮詢公司索取賄賂的事就會暴露出來了。

鄧子峰認爲呂紀誤判了形勢，呂紀不應該爲了維護面子，在明知莫克沒有能力的情況下，仍然想要把莫克扶持起來。鄧子峰認爲雲泰公路項目很可能成爲壓垮莫克的最後一根稻草。

因爲讓一個不能掌控局面的人主導這麼大的一個項目，是一件很可怕的事，而這個項目又採取了很麻煩的平行分包方式，想不出問題都很難。

這可能是呂紀犯下的一個致命的錯誤，一旦莫克出了大問題，那倒楣的可不僅僅是莫克一個人，呂紀這個省委書記也會被牽連上的。

從頭到尾，呂紀一直都很高調的支持莫克，從國家發改委申請資金開始，到招標程序，呂紀不是出面幫莫克拉關係，就是極力表揚莫克，生怕別人不知道莫克做出了成績。

其實呂紀這樣做很危險，他給東海政壇種下了一個印象，他和莫克以及雲泰公路項目是綁在一起的，莫克的成績似乎也是他的成績。但是呂紀忘記了一點，莫克的問題也會成爲他的問題。

如果呂紀受重創，就等於是給他這個省長一個很好的機會，呂紀不得不讓出一定的權力空間，他就可以借此樹立自己的威信，建立他的勢力。

現在鄧子峰已經從可靠的管道知道莫克受賄是罪證確鑿的，這個可靠的管道不是別人，正是傅華的好朋友蘇南。

蘇南跟鄧子峰的淵源很深，這次劉善偉是通過蘇南，才從傅華那裏知道了方晶這條管道，蘇南對其中的原委自然是瞭若指掌，也跟鄧子峰透露了中鐵五局是怎麼從莫克手裏拿到一半的標段工程的。

鄧子峰知道這個情況之後，並沒有馬上去做什麼，他只是冷眼旁觀莫克和呂紀的所作所為。對呂紀高度表揚莫克招標工作公正公平，鄧子峰從未發表過任何觀點，也沒有去插手雲泰公路項目。他在等，等莫克受賄的事什麼時候被引爆出來。一旦這個炸彈被引爆，他就可以趁勢而為了。

莫克一定會鋃鐺入獄，海川的權力格局也會重新洗牌，鄧子峰希望在這次權力的洗牌中，爭取在海川這個由呂紀掌控的地盤上安上他的人馬，這樣他就可以多一個抗衡呂紀和孟副省長的陣地了。

海川市是東海的經濟大市，一個省長在這裏沒有自己的影響，顯然是不合適的。所以他維護傅華，其實也是有他自己的算盤。

東海省委，呂紀辦公室。

呂紀正在和莫克談話。莫克是來省裏開會的，開完會，主持會議的呂紀讓他跟著來了辦公室。

呂紀看了看莫克，有點不悅的說：「莫克同志，你今天是怎麼回事啊，怎麼來開會呵欠連連的，像個什麼樣子啊，你昨晚做什麼了？」

莫克不敢看呂紀，將眼神躲閃開，他最近晚上一直睡得很不好，總是做噩夢，夢到他被檢調部門抓走。這種狀況下，他白天哪還有什麼精神啊？

出現在公眾場所的時候，他都是強撐著，好像精神奕奕的樣子，但實際上他睏得要命。剛才的會議內容太枯燥，他實在是撐不住了，就忍不住打了幾個哈欠，沒想到被正在講話的呂紀都看在眼中。

莫克自然不敢跟呂紀說他是因爲擔心方晶報復他，就強笑了一下，說：「不好意思啊，呂書記，我昨晚爲了趕了一份報告，睡得很晚，所以才會有點睏。我保證下次再不這樣了。」

呂紀看了一眼莫克，很懷疑莫克的說辭是不是真的，不過他也不好太掃莫克的面子，就笑了笑說：「原來是這樣啊，你又沒做錯什麼，不需要跟我保證的。」

莫克笑笑說：「我總是有不對的地方，影響了今天會議的精神，以後應該注意的。」

呂紀說：「你知道就好。誒，莫克同志啊，你認識一個叫方晶的女人嗎？」

第十章

道學偽君子

莫克直接就說：「我這幾天心情很煩，一會兒你給我找個地方減減壓，放鬆一下。」

莫克的直接讓束濤愣了一下，莫克一向是個偽君子，

就算是想出來玩，也會假正經的先推辭一下，今天是怎麼了，突然變得這麼直接？！

呂紀突然問起方晶，讓莫克心裏一驚，手止不住的抖了一下，難道呂紀知道什麼了嗎？

莫克知道最近政壇上有不少關於雲泰公路項目的風言風語在流傳，其中就有說莫克跟方晶聯手利用雲泰公路項目受賄，難道呂紀也聽到了？如果呂紀因此懷疑他，那就太可怕了。

莫克強笑了笑，說：「我倒是真有一位女性朋友叫做方晶的，在北京開了一家會員性質的俱樂部。呂書記，您問這個，是有什麼事嗎？」

呂紀見莫克承認有這麼一位女人，就說：「你跟她來往密切嗎？」

莫克臉上的肌肉抽搐了一下，搖頭說：「我跟她來往並不是很密切，我認識她是因爲當初在江北省政府的時候，她是我手下的工作人員。後來我調離了江北省，她去了澳洲，我們之間就斷了聯繫。我接任海川市市委書記的時候，有機會去北京，北京的馬睿副部長跟我說她從澳洲回來了，在北京開了一家叫做鼎福的俱樂部。我們這才恢復了聯繫。不過，也就是我去北京的時候會跟她碰個面吃頓飯什麼的，並沒有什麼密切的交往。」

呂紀盯著莫克的眼睛，懷疑的說：「恐怕不是這樣吧？我怎麼聽人說這個叫方晶的女人，前段時間到海川來找過你啊？」

到這個時候，莫克已經可以確定呂紀一定是聽到了關於他和方晶的什麼風聲了，他反而鎮靜了下來，因爲他可以篤定的是，呂紀肯定無法找到方晶，找不到方晶本人，呂紀就算聽到再多關於他和方晶的事，那也只能是傳說，根本無法查證。

莫克笑了笑，說：「呂書記，您聽到的情況並不假，方晶前段時間確實來海川找過我。」

呂紀質問說：「她來找你幹什麼啊？敘舊嗎？」

莫克已經有了應對的說法，並不慌張，他說：「這倒不是，方晶是想讓我幫忙才跑來的。至於她想讓我幫什麼忙，我想您可能已經猜到了。」

呂紀瞅了莫克一眼，說：「噢，你怎麼說我可能已經猜到了？」

莫克笑笑說：「因爲外面有不少的傳言，有說我跟方晶睡過覺了，還有說我幫方晶攬工程了，反正亂七八糟，說什麼的都有。」

莫克之所以這麼說，是他猜到呂紀既然聽說了方晶，那他肯定就會聽說過這些傳言，他索性先點出來，堵住呂紀的嘴，也讓呂紀認爲他問心無愧。

呂紀並不相信莫克，他覺得莫克的鎮定是裝出來的，便說：「那究竟有沒有傳說中的這些事啊？」

莫克堅決的搖搖頭說：「方晶是很想這麼做，但是被我拒絕了。呂書記，事情是這樣子的，方晶這次突然跑來海川，是因爲前幾次我去北京，無意中讓她知道了我們海川在運作雲泰公路項目，她就覺得有機會了。呂書記，您可能還不知道，這個方晶原本是江北省省長林鈞的情婦，她在北京的鼎福俱樂部就是用當初林鈞受賄得來的錢辦起來的。」

呂紀說：「哦，什麼機會啊？」

莫克說：「可以通過我攬項目的機會啊。」

呂紀聽了說：「這個女人原來是這麼個來歷啊。」

莫克說：「對啊，她覺得可以在我身上重演林鈞這一幕，就在北京成立了一家諮詢公司，然後跑來海川，想用美色迷惑我，好幫她爭取雲泰公路項目的標段工程。」

呂紀說：「那你怎麼做呢？」

莫克說：「這可是有林鈞的前車之鑑擺在那兒的，我就是有天大的膽子，也不敢招惹她啊，我可不想爲了美色送了命。再說，組織和您這麼信任我，把海川市交給我管理，我如果那麼做了，豈不是辜負了組織和您的信任？我當然是一口就拒絕了她。她還不死心，找藉口在海川市磨蹭了兩天，見我實在是不會答應她了，這才沒趣的回了北京。」

呂紀不禁說道：「這麼說你沒幫她這個忙了？怎麼我聽說的不是這麼一回事啊？有人說你通過方晶的諮詢公司，拿了兩家主要得標單位的錢，他們才會得標的。」

莫克趕忙否認說：「絕對沒有，這是造謠污蔑。我向組織保證絕對沒有，這個組織可以調查，如果我所說的不是事實，組織可以處分我。」

呂紀看著莫克說：「莫克同志，這可是你第二次跟我下這種保證了。你還記得上回你跟我說的話嗎？」

莫克說：「我當然記得，我當時跟您保證，我不會有任何的腐化墮落的行爲。如果您發現我有什麼腐化墮落的行爲，您可以把我從幹部的隊伍中加以刪除。」

呂紀笑了笑說：「你的記性不錯嘛，這些都還記得。」

莫克說：「您的教誨我怎麼敢忘啊，自那次開始，我就把您的提醒時時銘刻在心，不讓自己有一絲一毫的犯錯可能。」

呂紀說：「既然這些你都記得，就無需我再重複一次了。不過莫克同志，我可是要再次的提醒你，不要以爲自己聰明，可以瞞得過組織，原則性的問題是容不得一絲僥倖的，如果你真的做了什麼違反黨紀國法的事，希望你趕緊自首，還能爭取組織上對你的寬大處理。」

莫克立即很堅決的說：「呂書記，我再次向您保證，我沒有做過任何違背黨紀國法的事情。」

呂紀說：「希望你這個保證能站得住腳，否則我雖然推薦你出任海川市市委書記，也絕對不會放過你的。」

莫克說：「如果真有這種事，呂書記，不用您不放過我，我自己也不會饒恕自己的，到時候我自己就把我自己刪除了。」

呂紀盯著莫克看了老半天，似乎想在莫克的眼神中審視著，看莫克說的是不是真話。

莫克很清楚呂紀此刻的想法，因而他的眼神十分堅定，沒有躲閃。

呂紀沒有從莫克的眼神中察覺出什麼，他的態度緩和了下來，說：

「莫克同志，不是我要懷疑你什麼，而是我最近聽到的一些說法都對你很不利。你要知道，我對你的期望很大，這次雲泰公路項目我也給了你很大的支持，希望你能做出點成績給大家看看。聽到外面這些傳言，實話說，我心裏是很失望的。」

莫克說：「呂書記，這些說法我也聽說了，那都是一些別有用心的人散播的謠言，東海政壇和海川政壇有不少人反對您和我的關係，巴不得看我們出錯，您千萬不能相信他們。」

呂紀嚴厲了起來，說：「是，東海政壇和海川政壇是有不少這樣的人，當初我推薦你出任海川市委書記，就是頂著很大的壓力。你既然知道這些，自己做事就應該謹慎一些，像方晶這種女人根本就不應該招惹。結果呢，你不但招惹了，還給我鬧得傳聞滿天飛，你到底有沒有腦子啊？」

莫克低下了頭，說：「對不起，呂書記，我沒想那麼多。我以後再也不會跟方晶這種女人往來了。」

呂紀教訓說：「你知道就好，以後做事多給我想想。」

莫克趕忙說：「我會的，呂書記。」

呂紀說：「今天我就跟你說這麼多，你回去吧。你不是雲泰公路項目領導小組的組長嗎，回去給我好好看著這條公路的施工，不能給我出一絲一毫的紕漏，知道嗎？」

莫克說：「知道了呂書記，回去我就會好好盯著這個項目，保證不會出任何的紕漏。」

呂紀就放莫克離開了。

莫克走之後，呂紀煩躁的從座位上站了起來，他並沒有因爲莫克在他面前信誓旦旦，就完全相信莫克，他覺得無風不起浪，莫克和這個方晶肯定是有問題的。

呂紀手中雖然沒有什麼確鑿的證據證明莫克和方晶從雲泰公路項目上受賄，但是他從另外一個可靠的管道，聽說了中鐵五局某公司是通過行賄才拿到雲泰公路項目一半的標段的。

呂紀聽到這個，再加上最近東海政壇上的一些傳言，心裏就清楚究竟是怎麼回事了。然而，他沒有打算主動讓相關部門展開調查，他才剛剛公開表揚莫克這次招標工作做得很好，現在又轉過頭來讓有關部門對莫克展開調查，這不等於是自己打自己耳光嗎？他不能這麼做，形勢也不允許他這麼做。

現在以孟副省長爲代表的東海省本土勢力雖然跟他有了一定的合作默契，但是不代表本土勢力萬一逮到他的錯處時，會放過攻訐他的機會。

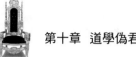

同時呂紀知道，威脅他的並不僅僅是東海的本土勢力，還有新任的省長鄧子峰。呂紀已經領教到鄧子峰政治操作手腕的高超了。這次本來是他利用孟副省長的老部下出事敲打孟副省長的，沒想到反而給鄧子峰創造了大好的機會，鄧子峰利用孟副省長受制於他、處於弱勢的時機，借勢在東海省政府樹立他省長的威信，掌控住了東海省政府的局勢。

雖然鄧子峰還沒有把孟副省長制服得熨熨貼貼的，但起碼在公開的場合上，孟副省長已經不敢跟鄧子峰叫板了。

現在鄧子峰對他雖然很尊敬，但鄧子峰絕不是一個甘於雌伏的人，早晚鄧子峰都會要跟他分庭抗禮的。如果讓鄧子峰和以孟副省長為主的本土勢力知道莫克受賄的事，這兩方肯定會拿這件事大做文章，那時他將腹背受敵。呂紀自然不想看到這種情形發生。

呂紀體認到當初他任用莫克出任海川市市委書記真是一大敗筆，甚至是牽連他的一筆負資產。他很後悔沒有早點當機立斷的處理掉莫克，如果一開始他發現莫克撐不起市委書記這個職務的時候，就把莫克給處理掉的話，他需要承擔的責任還不大。

偏偏那時候他心存一絲僥倖，認為在他這個省委書記的加持下，讓莫克撐過一個任期應該沒問題。結果搞到現在，把自己跟雲泰公路項目和莫克綁在一起，再想來處理掉莫克，就需要付出很大的代價了。

雖然，呂紀也不是沒有壯士斷腕的勇氣，只是這麼做的時機還不到，一旦真的逼到那份上時，他對莫克是不會客氣的，到時候他會是第一個站出來處理莫克的人。

他還是希望能儘量將這件事情壓下去。他不想給對手提供攻擊他的武器。同時，呂紀也需要一段時間來跟莫克和雲泰公路項目拉開距離，這樣就算是他要處分莫克，別人也不會覺得太突兀。

呂紀今天把莫克叫來，一方面是側面告訴莫克，他做的事很多人都心裏清楚，讓莫克對自己面臨的處境有所瞭解，做出應對，不要還傻乎乎的自以為天下太平呢。

另一方面，呂紀也是提醒莫克，一定要把項目給做好。項目做好了，這裏面的很多問題就會被掩蓋起來；反之，如果出了問題，很多見不得光的事馬上就會被揭露出來的。希望莫克這傢伙能聽得懂他的意思，把雲泰公路給搞好，這樣大家才能順利的過關。

莫克離開呂紀辦公室後就往海川趕，在車上，他回想起呂紀講的話，後背一陣陣發涼。他很清楚今天呂紀跟他講這些，意味著呂紀心中很清楚他在雲泰公路項目上做了什麼手腳，他之所以還沒有讓有關部門調查他，是不想受他拖累的結果。

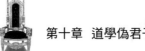

事已至此，莫克清楚他已經沒有退路了，他必須將雲泰公路項目給建設好，保證項目不出一點問題，否則他很可能步上林鈞的老路，送掉一條老命的。

正在鬱悶的時候，莫克的電話響了，一看是張作鵬的號碼，莫克苦笑了一下。現在這張作鵬也是他不敢得罪的人物，因為他拿了張作鵬的錢，拿了錢就應該提供相應的服務，這是一種等價的交換，也是官場上受賄的鐵律。

莫克便接通電話，說：「張董，今天找我有什麼事情啊？」

張作鵬笑笑說：「莫書記啊，我聽說您到齊州了？」

莫克回說：「省委讓我來開會。」

張作鵬問：「那會議結束了吧？」

莫克說：「結束了，你有事？」

張作鵬笑說：「也沒什麼事，就是您既然到了省城，我怎麼也該請您吃頓飯吧？」

宴無好宴，莫克知道跟這些精明的商人打交道要小心一些，他們腦子裏想的都是怎麼在你身上攫取最大的利益。莫克就沒有要跟張作鵬吃這頓飯的打算，他擔心張作鵬會在酒宴上提出不合理的要求，因此，他還是儘量離他遠一點比較好。

莫克便笑了笑說：「不好意思啊，張董，我已經出了齊州了，就不好再折返回去，下次吧。」

張作鵬不死地說：「不會吧，會議不是剛結束不久嗎？您這麼快就出了齊州了？好了，莫書記，我只是想一起吃頓飯，聯絡聯絡感情，給個面子吧？」

莫克不敢太拒張作鵬於千里之外，就說：「張董，不是我不給你面子，而是我真的出了齊州了，改天吧，或者你什麼時間來海川，我招待你好了。」

張作鵬見莫克一再推拒，也只好說：「既然這樣，也行，改天我專程去海川拜訪莫書記好了。」

莫克心裏直叫苦，心說這個混蛋還纏上我了，卻不敢把心中的反感表現出來，說：「那我無上歡迎啊。」

張作鵬笑笑說：「那就海川見了。」

掛了電話後，莫克有種兩頭受壓、喘不過氣來的感覺，一方面要面對呂紀的質詢與要求；另一邊張作鵬這種奸商又糾纏不休，想盡辦法要從他這裏謀取新的好處。

老是這麼坐困愁城也不是辦法，莫克摸出了電話，打給束濤，他想跟束濤出去放鬆一下，好宣洩心中的煩躁。他感覺自己快達到崩潰的邊緣，再不想辦法解決一下的話，他會瘋掉的。

束濤很快接通了電話，說：「莫書記，找我有事啊？」

莫克沒有心情跟束濤拐彎抹角，直接就說：「我這幾天心情很煩，一會兒你給我找個地方減減壓，放鬆一下。」

莫克的直接讓束濤愣了一下，莫克一向是個僞君子，就算是想出來玩，也會假正經的先推辭一下，今天是怎麼了，突然變得這麼直接?!

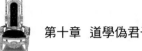

束濤立即說：「沒問題，那我去哪裡找您啊？」

莫克這才想起他才剛離開齊州，還在往回趕的路上，就說：「這幾天腦子太亂，我忘了我剛剛從齊州往回趕呢。」

束濤笑笑說：「那也無所謂啊，我們在中途碰面就是了。」

莫克想了想說：「也好，你往齊州這邊趕吧，我們在中間會面。」

從齊州回海川最少要四個小時，就算是他和束濤在中途碰面，也要兩個小時才行，這個電話本該到了海川再打的，莫克卻忘了這一點，現在就打了過去，束濤一定很納悶。

莫克嘆了口氣，又想起了方晶，都是這個臭女人害的，讓他這麼舉止失措。

不能再這樣子下去，他必須找到方晶，跟方晶聯繫上才行。錢追不追得回來倒在其次，莫克必須搞清楚方晶有沒有對他採取後續的報復手段，如果有，他得儘快讓方晶放棄這個念頭才行。

可是怎麼找到方晶呢？這還真是一個問題。想來想去，莫克的腦筋還是動到了馬睿的身上，馬睿應該有辦法透過駐澳單位查到方晶的電話的。

想到這裏，莫克就撥給了馬睿，說：「馬副部長，這次您一定要幫忙，我有急事需要儘快找到方晶，你能不能通過有關部門幫我找一下她的聯絡方式？」

馬睿遲疑了一下，說：「老莫啊，透過有關部門去找人很麻煩，你找方晶究竟是什麼事啊？」

莫克心說：如果能說是什麼事，我早就跟你說了！他苦笑說：「是私人感情方面的事，馬副部長，有些事我沒辦法跟您說的太多。」

莫克往私人感情方面引，是覺得這是眼下能說出口的最好理由，方晶去澳洲前，也裝得跟他卿卿我我的，往這方面上說：倒也不全是假話。

馬睿詫異地說：「老莫，你不會是喜歡上她了吧？」

莫克裝出一副不好意思的口吻，說：「嘿嘿，是有那麼一點意思啦，你知道我們現在都是單身，方晶離開之前，是有跟我深入交往的想法的，只是不知道她出了什麼事，突然去了澳洲，一下子把我撂在這裏，讓我心裏七上八下的，真是難受。我就想找到她，問清楚究竟是怎麼一回事。」

聽到莫克這麼說，馬睿沒有吃醋，他早知道莫克喜歡方晶；再說，方晶也跟他疏遠了好一段時間，他們的關係算是結束了。

馬睿便說：「原來是這樣啊，老莫，你這是想來第二春啊。」

莫克笑了笑說：「你別取笑我了，什麼第二春啊，我現在還不知道方晶心裏究竟是怎麼想的呢。馬副部長，您就幫幫我這個忙好不好啊？」

馬睿聽了，同情地說：「行，我幫你查查看吧。」

莫克趕緊又說：「馬副部長，我只是想要她的聯絡方式，你可千萬別去驚擾了她。」

莫克這麼說，是因爲擔心馬睿如果直接跟方晶通話的話，他的謊言立即就會被拆穿了。

馬睿見莫克這副患得患失的樣子，彷彿初入情網的男人才有的兒女情懷，忍不住笑說：「老莫，我真是被你笑死了，都這麼一把年紀了，還玩這個調調。行了，我明白了，等我消息吧。」

馬睿掛了電話，莫克的心情輕鬆了一些，馬睿答應幫忙，找到方晶就是時間的問題了。只要能找到方晶，就有說服方晶的可能，雖然問題暫時還沒有解決，總是一線曙光，讓他多了一絲希望。

兩個多小時後，莫克跟束濤碰了面，莫克上了束濤的車。

此刻已是華燈初上、夜色朦朧，兩人就近找了一家叫做「天國奇葩」的夜總會，開了一個包廂。

坐定後，公關經理帶了幾名漂亮的小姐進來讓兩人挑選。莫克點了一名臉上尚有羞澀的小姐，束濤看莫克選定了，自己也選了一名小姐。四個人就在包廂裏喝了一會兒酒，看看氣氛慢慢熱絡起來，莫克就把小姐帶出去開了房間，狠狠的蹂躪了她一番。

兩天後，馬睿真的找到了方晶澳洲的電話號碼，打電話來告訴了莫克。

莫克拿到號碼後，心裏盤算許久，思索著電話打通後，要怎麼跟方晶說。他要做的是想辦法說服方晶，而不是激怒她，因此措辭一定要溫和，而且必須儘量讓方晶覺得他很可憐，這樣才可能打消方晶後面的報復行動。

莫克想好了說辭，這才撥通了方晶的電話號碼。

電話聲嘟嘟的響著，莫克的心也隨著響聲不斷地在抽緊，總算電話終於被接通了。

「喂，你好，哪位找我？」方晶熟悉的聲音從電話那頭傳了出來。

莫克聽到這個聲音，幾乎要熱淚盈眶了，終於聯繫上方晶了。

他鎮定了一下情緒，笑了笑說：「方晶啊，是我，莫克。」

方晶愣住了，她沒想到莫克居然能夠找到她在澳洲的聯絡方式。不過她隨即冷靜下來，找到了又怎麼樣呢，她人在澳洲，莫克也不能對她有什麼不利的舉動。

方晶笑說：「哦，是老領導啊，找我有事啊？」

莫克很想發火，卻知道發怒只能把事情弄糟，便壓下心頭的怒火，笑說：「方晶，是怎麼回事啊，你回澳洲也不跟我說一聲啊？」

方晶打著哈哈說：「哦，你說這個啊，是這樣的，我突然覺得待在北京有點膩了，就回澳洲來住一段時間。事先沒跟你打招呼，真是對不起啊。」

莫克假意地說：「哎呀，原來是這樣啊，我還以爲出了什麼事了，害得我好一番的擔心。」

方晶笑說：「我沒事的，你不用擔心了。」

莫克心裏氣得要命啊，你當然沒事啊！，你捲走那麼一大筆錢跑去澳洲，心裏不知道怎麼偷著樂呢，又怎麼會有事呢？

氣歸氣，莫克還得哄著方晶，便說：「那你什麼時候回來啊？」

方晶心說：你費了這麼多話，就是想問我什麼時候回去嘛，我回去幹什麼，跟你分錢嗎？還是繼續被你糟蹋？你想得美，這輩子我都不會回去了。

方晶笑了笑說：「老領導，你可真有意思，我才剛回澳洲，還沒坐熱呢，你就想要我回去了，這可有點不近人情啊。」

莫克知道方晶這是揣著明白在裝糊塗，就說：「方晶，我沒催你回來的意思，只是我們的那碼子事，你是不是也該給我一個交代了？」

方晶繼續裝糊塗說：「老領導，我們之間那碼子事，你這是指什麼啊，我怎麼聽不懂啊？我們之間好像沒什麼事吧？」

「方晶，」莫克火氣的叫了起來：「你裝什麼糊塗啊？什麼沒什麼事啊，我們合作的那檔子事你又不是不知道。」

方晶卻仍是困惑地說：「老領導，有話你就直說，我這個人笨，不清楚你在說什麼。」

莫克喊說：「你裝什麼糊塗啊，我們倆合作的雲泰公路項目，中鐵五局和鵬達路橋集團的錢都進了你諮詢公司的帳上了，這筆錢現在在哪裡？你是不是該分一部分給我啊？」

方晶笑了，說：「老領導，你先別發火，把事情想清楚了再說話。你說跟我合作，有合同嗎？還是有人能出面幫你作證啊？」

「你，」莫克叫道：「方晶，你不要欺人太甚，你明知道這種事是見不得人的，我怎麼會有合同和證人呢？」

方晶冷笑一聲，說：「莫克，你好歹也是一個市委書記，做事應該知道分寸，沒合同沒證人，你想空口白話賴我啊？我可告訴你，我現在人在澳洲，這裏不比中國，是法治社會，做什麼都要有法律依據的。空口白話的事，我勸你省省吧。」

「方晶，你……」莫克氣急敗壞地叫道。

他又想發火，可是很快意識到發火是沒有用的，而且這次他真正的目的也不是要跟方晶爭這筆錢，他是要說服方晶不再繼續報復他，就深吸了口氣，語氣緩和下來，說：

「方晶，我真是不明白，我們本來不是相處得很好嗎？不是還打算共同生活的嗎？怎麼突然你就變了呢？」

方晶冷笑了一聲，說：「莫克，什麼叫相處得很好，你在我杯裏下藥迷姦我，就是相處得很好嗎？你要真是打算跟我好好生活，根本就不會使出這麼齷齪的手段來，你讓我覺得骯髒下流。」

莫克痛苦地說：「我那是因爲喜歡你啊。」

方晶反駁說：「喜歡我，你可以正大光明的追求我啊，用這種下三濫的手段算什麼啊？我本來是可以告你的。」

莫克說：「我正大光明的追求你？方晶啊，我們相識這麼久了，你什麼時候對我假以辭色了？你的眼光都在別人身上，根本就不知道我才是最愛你的人，只有我對你是最好的。」

方晶斥責說：「胡說，還輪不到你來說你是對我最好的。」

莫克聽了說：「你是想說林鈞才是對你最好的人，是吧？」

方晶說：「對，我就是想說林鈞才是對我最好的。莫克，你就是因爲這個才出賣林鈞的吧？」

莫克嘆說：「方晶，你終於承認你知道是我出賣林鈞的了。」

方晶冷冷地說：「對，我承認，難道不是這樣嗎？莫克，你不要繼續騙我了，當朱欣跟我說你舉報林鈞的那封信時，我就確定是你出賣了林鈞。莫克，這時候你不會還不承認吧？」

莫克說：「我承認是我害了林鈞，所以你才設這個局來害我是吧？你是想藉由這件事報復我，替林鈞報仇，對吧？」

方晶說：「替林鈞報仇是一方面，另一方面，我也要替自己討個公道，你迷姦了我，就要爲此付出代價。」

莫克長嘆一聲說：「方晶，你怎麼就不明白我的心呢？你總覺得林鈞是對你最好的男人，但事實上根本就不是那麼一回事。你大概到現在還認爲是林鈞把你安排進省政府的吧？」

方晶愣了一下，說：「莫克，你這話是什麼意思，難道我進省政府不是林鈞安排的？」

「當然不是了，」莫克說道：「你太幼稚了，你以爲你跟省長講一句話，省長馬上就會按照你說的去做？省長都是日理萬機的，你跟他說的那句話，他轉過頭來就忘掉了。」

方晶不相信地說：「莫克，你不要再來騙我了，你說不是林鈞幫我安排的，難道是你幫我安排的？」

莫克說：「當然是我安排的，江北大學那場演講，我也在場，我第一眼看到你，就喜歡上你了。看到你想進省政府，我就幫你安排了。」

方晶搖頭說：「我不信，你胡說八道，你當時的職務根本就沒這個能力。」

莫克說：「是，我當時的職務確實不能幫你安排，但不代表你進省政府就不是我做的。我是打著林鈞的旗號跟秘書長要人，你才有機會進省政府。你知道我當時冒了多大的風險嗎?要是被人知道林鈞根本就沒這個意思，那我的前途可就搭進去了。我冒這麼大的風險，還不是因爲喜歡你?!林鈞爲你做了什麼?他什麼都沒做。你倒好，一進省政府，很快就投入了林鈞的懷抱。」

方晶十分震驚，她從沒想到原來她進省政府居然是莫克在背後運作的，她懷疑的說：「莫克，你說的這些都是真的嗎?」

莫克說：「當然是真的了，我那時瘋狂的愛上了你，可以爲你犧牲一切。不過，我手裏沒有什麼證據可以證實這件事，你跟我要證據的話，我也拿不出來，信不信由你吧。」

方晶反問：「可是你應該清楚，我喜歡的是林鈞，並不是你。就算真是你做了這些，我也不會跟你在一起的。」

莫克苦澀地說：「我知道。」

方晶驚訝的說：「你知道還這麼做?」

莫克坦承說：「是的，我之所以知道還這麼做，是因爲我並沒有想要佔有你。我知道我當時的條件配不上你，更何況我那時還在婚姻中。我最大的願望其實很卑微，只希望你能留在我身邊，我能看到你就心滿意足了。結果呢，林鈞居然連我這麼卑微的願望都給剝奪了，竟然把你送出了國，讓我連看都看不到你。」

方晶說：「所以你才出賣林鈞?」

莫克說：「是，我就是因爲這個才出賣林鈞的。你知道我一下子看不到你了，心裏有多痛苦嗎？我簡直要瘋了，心裏恨死了林鈞，心想我讓你佔有我最喜歡的人，已經夠忍讓了，你居然還把她弄到我見不到的地方去，實在是忍無可忍之下，所以我就寫了那封舉報信。」

方晶不禁叫說：「可是林鈞根本就不知道你對我的感情啊，你這樣做實在是太過分了，林鈞可是對你很賞識的，你這麼做，怎麼對得起他啊?!」

莫克苦笑了一下，說：「事後我也很後悔，不該這麼對林鈞的，特別是林鈞最後被判了死刑，我心裏更是痛苦，等於林均是我害死的。但是在寫舉報信的那一刻，我滿心都是妒忌的怒火，根本就壓不住，也就忘記了林鈞對我的好。」

說到這裏，莫克嘆了口氣，說：「方晶，現在冷靜下來，我也清楚我不該那麼做，但是人總有衝動的時候，人在憤怒時會做出什麼事來，是很難說的。我後來知道自己錯了，但是大錯已經鑄成，也無法挽回了。」

方晶本想爲林鈞大罵莫克幾句，但是張了張嘴，卻什麼都罵不出來，她不知道該如何指責這個因爲暗戀她而做出這種蠢事的男人。

莫克也沒再說話，兩個人都沉默了。他們都在想，我做錯了什麼才會走到今天這一步？我不覺得自己做錯了什麼啊？這算是怎麼一回事啊？

這裏面沒有誰能評斷誰是錯，誰是對，也許只能說是命運的撥弄吧。如果當初林鈞不去江北大學演講，她也不會遇到林鈞、喜歡上林鈞，她不喜歡上林鈞，也就不會對林鈞說她要去省政府的話。那樣，莫克也就不會被她迷戀，不會冒著風險將她安排進省政府。她進不了省政府，跟林鈞就沒有進一步的可能，她也就不會移民澳洲，莫克也不會因為見不到她，而把妒火發洩到林鈞身上……

這裏面每一個人的行為似乎都互為因果，這個因果，將她、林鈞、莫克三個人的命運緊緊糾纏在一起，最終釀成今天的悲劇。

如果從社會道德的角度上看，他們的做法都是錯誤的。林鈞是有婦之夫，本就不該跟方晶發生感情，更不該為了安排方晶和他未來的生活，而收取巨額的賄賂。

莫克也是有婦之夫，雖然他的行為有所克制，但是他不該為了想將方晶留在身邊，而冒用林鈞的名義將方晶安排進省政府。更不該因為妒火中燒而背叛他的恩主林鈞。

而方晶放縱自己的情感，不管林鈞已經有了家庭，還和他展開不倫之戀，更不應該接受林鈞的安排，帶著受賄得來的錢移民澳洲，導致林鈞送命。

說起來，每個人都有過錯。但是從感情的角度上看，每個人都不認為自己是錯了。在感情的世界中，人本就不可能那麼理智，不論原本是不是有智慧的人，都難免會為情惑所蒙蔽而喪失理智，也做不到從理智的角度上去考慮問題，方晶做不到，林鈞做不到，莫克更是沒做到。

過了許久，莫克打破沉默說：「方晶啊，你下一步打算怎麼辦？」

方晶遲疑了一下，說：「莫克，你說我該怎麼辦才好呢？」

既然一切都說開了，莫克也知道他跟方晶是不會有未來的，方晶捲走的錢他也不敢奢想能要回來，就苦笑著說：「我知道你因為我出賣林鈞，心裏恨我，但是我總算也幫過你，錢你已經拿走了，我也不想追究了，我們到此算是扯平了吧。」

方晶卻不這麼認為，雖然莫克是因為暗戀她才搞出這麼多事的，但是林鈞為此送命，她被莫克侮辱了身體，這些可不是這樣就能一筆勾銷的，她說：

「扯平？就算你出賣林鈞的帳可以扯平，那你我的帳怎麼算？」

莫克看方晶有點不依不饒了，心裏暗罵方晶拿走了那麼一大筆錢，什麼補償不過來啊？我都跟你解釋原由了，你還想怎麼樣？不過，現在主動權在方晶手裏，莫克不敢太惹惱她，就說：

「我跟你道歉，對不起，這下總可以了吧？」

方晶笑說：「莫克，你也想得太天真了，我不會那麼容易就放過你的。告訴你吧，我手裏已經準備好你受賄的證據，正打算寄給東海省紀委，你就等著去坐牢吧。」

方晶果然是有後續的報復手段，這個女人還真是狠毒，看樣子是非要置他於死地不可啊。莫克後背上一陣陣發涼，說：「方晶，你需要做的這麼絕嗎？」

方晶冷冷地說：「不這麼做，我出不了心頭這口惡氣。」

莫克不禁嘆說：「真是最毒婦人心啊，方晶，我們之間多少有些情分在吧？你非要逼死我不可嗎？」

方晶冷笑說：「莫克，這是你應得的報應。」

莫克無奈地嘆說：「方晶，沒想到你這麼恨我。不過，爲了你好，我勸你最好不要這麼做。」

爲了我好？方晶愣了一下，笑說：「莫克，你覺得這時候還說這種話有意思嗎？你是不是還心存幻想，以爲能說服我不採取進一步的報復行動啊？」

莫克警告說：「方晶，不是我心存幻想，而是事實如此。你可別忘了，操作雲泰公路項目收取賄賂可是我們倆合夥的，弄到的錢又被你帶到澳洲去了，你以爲舉報了我，就沒責任了嗎？如果我被抓起來了，你也逃不掉的。」

方晶聽了，不禁笑說：「莫克，你是不是忘了，我現在是在澳洲，不是中國，誰能來抓我啊？國內的司法部門可是鞭長莫及的。」

莫克威脅說：「方晶，你把事情想的也太簡單了吧？你以爲人在澳洲，國內的司法部門就找不到你身上了？你忘了，澳洲跟中國可是有引渡條例的，如果罪證確鑿，你是可以被引渡回來受審的。」

方晶一下愣了，她還真的沒想過引渡的事，便說：「莫克，你想嚇唬我？」

莫克笑了，說：「我都被你逼到這個份上了，嚇唬你幹嘛啊？我查過，澳洲政府最近才跟中國簽訂了引渡協定，不信，你可以問你的律師啊。」

方晶這下徹底愣住了，好半天沒說話。

莫克接著說：「方晶啊，你好好想想吧，你說收集了我受賄的證據，我們可是一起行動的，你的證據當中，肯定少不了你自己的份。如果寄給紀委的話，等於你自己給紀委提供了你跟我共同受賄的犯罪證據，錢又被你帶出了國，你說司法部門能放過你嗎？」

方晶傻眼了，雖然她不懂相關的法律，但是莫克說的似乎並不假。

莫克繼續說道：「還有，方晶，你可別忘了，你的事可不止我這一宗，你手頭的錢裏面，還有林鈞當初轉移出去的贓款，你就不怕到時候拔蘿蔔帶起泥，連林鈞的事也被牽連出來？如果那樣子的話，方晶啊，恐怕你要比我多坐好多年牢啊。何苦呢，犯得著爲了整我，把自己也搭進去嗎？」

方晶冷笑說：「莫克，看來你做了不少的功課啊。」

莫克說：「是啊，我都快被你整進牢裏去了，能不多做一點準備嗎？」

方晶卻說：「莫克，如果這些我都不管，就非要你爲此付出代價呢？」

莫克苦笑了一聲，說：「何必呢，我付出的代價還少嗎？方晶，我勸你還是就此罷手，拿著錢在澳洲享你的福吧。你報復的滋味我已經嘗到了，瞬間我就從千萬富翁又變成窮光蛋，這種天上地下的差別，難道還不夠我受的嗎？你非要整死我才行啊？」

方晶不說話了，好半天才說道：「莫克，這一次便宜你了。」

莫克心想不知道是便宜誰了呢，我就睡了你幾晚上，就把費盡心機弄來的錢雙手奉送給你了，便宜都被你一人占了。

不過，方晶這麼說，等於是說雲泰公路項目這件事情到此算劃上了句號，莫克不用再擔心方晶有進一步的報復行動了。雖然損失那麼大一筆錢讓莫克很心痛，但是保住了人沒出事，他還是很慶幸的。反正只要他還在市委書記任上，錢總是有機會再撈的。

莫克長出了一口氣，一直壓在他心頭上的一塊大石頭終於被搬掉了，他又可以自在的做他的市委書記了。他笑了笑說：「謝謝你了，方晶，謝謝你放過了我。」

方晶迫於無奈地說：「我不是放過你，我是怕被你牽連，行了，莫克，你我之間，就到此爲止吧，你不要再來打攪我了。」

莫克說：「方晶，我覺得自己就像做了一場夢一樣，我認識你的時候，你還是一個清純的女學生，幾年之間，你就變成了一個能將男人玩弄於鼓掌之間的魔頭了，真是造化弄人啊。行啊，到此爲止吧，我算是領教了你的手段了。你這個女人真是不簡單啊，不但把我的錢都拿走了，還把傅華整得那麼慘，看來女人真是不能得罪啊。我是怕了你了，絕不會再去招惹你了。」

莫克提起傅華，讓方晶頓了一下，她對傅華還是很關切的，忍不住問：「莫克，你說傅華很慘，他現在怎麼樣了？」

莫克聽方晶還會關心傅華，笑笑說：「我以爲你搞出那些豔照，是因爲你恨傅華，看來你根本就是喜歡他的，對不對？你也是因爲得不到他才報復他的，對不對？」

方晶回避說：「你別說這些沒用的，就說他現在怎麼樣吧。」

莫克說：「方晶，你應該知道他現在怎麼樣的，這些不都是你設計好的嗎？你搞這麼多動作，不就是想要他丟掉工作，家庭破裂嗎？現在可以說都按照你設計好的步驟走了，傅華被停職，駐京辦主任的職務暫時被羅雨代理；家庭方面，他老婆已經帶著孩子搬出去了，他成了孤家寡人。怎麼樣，你滿意了吧？」

方晶冷笑一聲，說：「滿意了，這都是他應得的報應。行了，莫克，就這樣吧。」

莫克就掛斷了電話，方晶把電話收了起來，有點落寞的嘆了口氣。

雖然她捲走了莫克的錢，也讓傅華得到了報應，但是她並不感覺到有多快樂，相反，她心中是有些惆悵的，甚至她還想，如果她不那麼衝動，沒有去報復莫克和傅華，現在還待在北京，也許她會比現在過得快活吧？

但這些永遠不會成爲現實了。當時她簡直一刻都等不了的要報復傅華，現在真的報復了，又怎麼樣呢？還不是一個人孤零零的待在家裏？

想到這裏，方晶苦笑了一下，人啊，總是在事情已經無可挽回的時候才後悔，也不知道傅華現在怎麼樣了，他是個閒不住的人，一下子被停職，估計在家裏悶壞了吧？鄭莉又帶著孩子搬了出去，他一定很痛苦，心裏恨死她了。

方晶無奈地搖了搖頭，告誡自己說不要再去想傅華了，想也沒有意義，鬧到現在這個地步，這輩子他們都不可能在一起的。

北京。

傅華在家中睡到快中午才起床，他並沒有像方晶想的那樣苦惱，現在他生活得很自在，每天都能睡到自然醒。停職賦閒在家這麼多天，他已經慢慢適應了這種沒事做的日子。

自從海川相關部門那次讓他回去接受調查之後，就沒有部門再聯繫他了，他也曾經找過紀委的朋友，問他們究竟要怎麼處理他這件事。紀委的朋友告訴他，目前紀委對這件事的調查工作還沒有結束，讓他稍安勿躁，說組織絕不會冤枉一個好同志，也絕不會放過一個壞分子的。

傅華心說：我倒是相信上面不會冤枉我，但是你們始終不出結論，我就不能恢復工作，這樣下去，我怎麼能受得了啊？

傅華就去找孫守義，想讓孫守義幫他催促一下紀委，讓紀委早一點公布調查結論，卻遭到了孫守義的拒絕。

孫守義說：「傅華，這件事我沒辦法干涉，紀委是屬於莫克書記管轄的範圍，我無法插手。再說，這件事社會關注度很高，只要有點風吹草動，社會上就會出現一大堆議論，現在除非是莫克拍板，紀委的同志沒有一個敢做什麼決定的。叫我說，你就當這次是休大假吧，耐心的等一段時間，過過風頭再說吧。」

孫守義說的也有道理，因此，傅華就沒再催促下去了，耐心的在家裏等著。

等待的過程是煎熬的，也慢慢磨掉了傅華心頭的火氣。他現在已經不像事件剛發生時那麼煩躁了，甚至對方晶也不像一開始時那麼恨了，接受目前的狀況。

鄭莉和傅瑾依舊住在徐筠家，傅華實在太想兒子時，也會厚著臉皮跑去徐筠家裏看傅瑾。鄭莉只要一看到他，臉馬上就垮下來，所幸沒有阻止他看兒子，只是把兒子交給徐筠，自己轉身離開。

鄭莉這是表明還是沒原諒他，不過傅華覺得，鄭莉既然讓他看兒子，說明態度多少軟化了一些，他覺得事情已經開始有些轉機了，相信慢慢隨著時間的過去，鄭莉對這件事就會淡忘，那樣她就會原諒他了。

因此，問題雖然沒有解決，但起碼也沒往更壞的地方發展，傅華的心情也自然平復了很多。即使事情發生到現在，金達始終沒有打電話來，傅華仍然覺得沒什麼。既然金達不在乎他這個朋友，那他又何必去在乎金達有沒有打電話來呢？

請續看《官商鬥法》Ⅱ 13 豔照掀風暴

官商鬥法II 十二 道學偽君子

作者：姜遠方
發行人：陳曉林
出版所：風雲時代出版股份有限公司
地址：105台北市民生東路五段178號7樓之3
風雲書網：http://www.eastbooks.com.tw
官方部落格：http://eastbooks.pixnet.net/blog
Facebook：http://www.facebook.com/h7560949
信箱：h7560949@ms15.hinet.net
郵撥帳號：12043291
服務專線：(02)27560949
傳真專線：(02)27653799
執行主編：朱墨菲
美術編輯：吳宗潔

法律顧問：永然法律事務所 李永然律師
北辰著作權事務所 蕭雄淋律師

版權授權：蔡雷平
初版日期：2016年8月
初版二刷：2016年8月20日
ISBN：978-986-352-349-9

總 經 銷：成信文化事業股份有限公司
地　　址：新北市新店區中正路四維巷二弄2號4樓
電　　話：(02)2219-2080

行政院新聞局局版台業字第3595號 營利事業統一編號22759935

定價：280元　特惠價：199元

國家圖書館出版品預行編目資料

官商鬥法II / 姜遠方 著. -- 初版. -- 臺北市：
風雲時代，2016.01 -- 冊；公分

ISBN 978-986-352-349-9（第12冊；平裝）

857.7　105006537